사랑과 피

사랑과 패

마리 오드 뮈라이 장편소설 남윤지 옮김

문학동네

국립중앙도서관 출판시도서목록(CIP)

사랑과 피 / 마리 오드 뮈라이 지음 ; 남윤지 옮김.
— 서울 : 문학동네, 2003
  p. ;   cm

원서명: D'amour et de sang
원저자명: Murail, Marie-Aude

ISBN 89-8281-691-7 03860 : ₩8500

863-KDC4
843.914-DDC21   CIP2003001060

Pour papa,

ti amo, te quiero

아빠를 위해,

사랑해요.

차례

노예 시대

예수 그리스도 탄생 후 67년

인간은 서로에게 늑대다

노예 두 명이 로마인 테렌티우스를 가마에서 간신히 끌어내렸을 때, 그는 거의 신음에 가까운 한숨을 내쉬었다. 거대한 뱃살이 갑자기 아래로 쏠려 테렌티우스의 몸이 땅바닥에 넘어질 듯 기울었다. 다행히 건장한 가마꾼 한 사람이 부축해주어 넘어지지는 않았다.

"바보, 멍청이 자식. 날이 저물기 전에 채찍 맛 좀 볼 줄 알아!"

화가 치민 테렌티우스가 소리쳤다.

테렌티우스는 침착함을 되찾은 후 고개를 쳐들었다. 두꺼운 화장 아래 감춰진 그의 얼굴은 귀족다운 용모가 사라져 무서운 인상을 주었다. 근시인 테렌티우스는 눈을 가늘게 뜨고 노예 시장에 모인 군중 틈에서 누군가를 찾기 시작했다.

"저, 여기 있습니다!"

"아!"

테렌티우스는 곧 안도의 한숨을 내쉬었다.

그는 젊은 노예 루푸스가 없으면 아무것도 할 수 없었다. 루푸스는 주인이 자신을 알아볼 수 있도록 까치발을 하고 섰다. 발끝으로 서 있는 모습이 막 날아오르려는 갈리아의 작은 신 메르쿠리우스를 연상시켰다.

"어서 이리 와라."

테렌티우스가 명령을 내렸다.

밀밭처럼 넘실대는 금발의 키 작은 노예 루푸스는 앞으로 세 걸음 조심스럽게 나아가서는 비아냥거리는 투로 주인을 향해 소리쳤다.

"주인님, 그냥 거기 계세요! 땅바닥이 온통 흙먼지투성이라 옷을 다 버리시겠어요. 꼬마야, 어서 가봐라!"

루푸스가 손뼉을 치자 꼬마가 나무로 만든 물조리개를 손에 들고 테렌티우스에게 다가가더니 그보다 앞서가며 땅에 먼지가 일지 않도록 물을 뿌렸다. 그것이 그 꼬마의 유일한 임무이자 하루 일과였다.

"이런, 이 녀석이 내 옷에 흙탕물을 튀기잖아!"

테렌티우스가 화가 나서 소리쳤다.

숯으로 눈 주위를 화장한 그의 얼굴은 화를 낼 때면 동양의 무시무시한 신의 얼굴을 연상시켰다. 겁에 질린 꼬마는 물조리개를 땅에 떨어뜨리고 말았다.

"이런 바보 같은 놈. 채찍 맛을 봐야 정신을 차리겠구나. 오십 대 치도록 해라."

"주인님께서는 너무 너그러우십니다. 이런 녀석들은 십자가에 못 박아야 해요. 그래야 정신 차리고 다음에 더 주의하죠."

훈련중인 두 검투사의 칼이 맞부딪치듯 주인과 노예의 눈길이 서로 마주쳤다.

"지금 날 놀리는 건가?"

불쾌함을 누르고 웃으면서 말하느라 테렌티우스의 입꼬리가 치켜올라갔다.

루푸스는 주인에게 무례한 언사를 서슴지 않았으나 적당한 선에서 멈출 줄도 알았다. 낭떠러지를 향해 달려가다가 한쪽 발이 허공에 뜬 순간, 아슬아슬하게 멈춰 서듯이. 루푸스는 다시 침착하게 손뼉을 쳐서 다른 노예가 주인을 위해 부채질하러 오도록 신호를 보냈다. 그러고 나서 주인 테렌티우스 프리스쿠스 곁에 서 있다가 슬그머니 뒤로 물러났다. 잠시 후 두 사람은 사람들로 붐비는 아를라트* 노예 시장을 가로질러 앞으로 나아갔다. 가끔씩 루푸스는 발돋움하고 서서 주인 테렌티우스의 귀에 대고 속삭였다.

"오른쪽에 이우니우스 크라수스 님이 계십니다."

"왼쪽에 카이우스 루푸스 님이 계십니다."

테렌티우스는 군중 속에서 친구를 못 알아볼 정도로 눈이 나쁘기 때문에 루푸스의 말에 따라 오른쪽을 향해 웃음지었다가 왼쪽을 향해 인사했다. 테렌티우스는 루푸스가 두 번에 한 번꼴로 있지도 않은 사람을 있는 것처럼 꾸며댄다는 사실을 알지 못했다.

"크로투스를 보러 가자."

주인 테렌티우스의 명령이 떨어졌다.

크로투스는 사람들에게 멸시받는 소문난 노예 상인이었다. 크로투스는 단 위에 서서 지나가는 사람들을 불러 세웠다.

"고귀하고 준엄하신 파카티아누스 님, 가까이 와서 보세요. 파카티아누스 님은 물건 값을 제대로 아시기 때문에 제값보다 한푼이라도 더 내시는 법이 없죠."

사람들은 웃음을 터뜨렸다. 파카티아누스는 인색하기로 소문나 있었다. 그는 화를 내기는커녕 웃으면서 크로투스에게 다가갔다. 단 위에는 연달아 사슬에 묶여 있는, 벌거벗은 노예들이 한 무

---

* 아를 지방의 옛 이름.

리 있었다. 크로투스는 규정대로 노예들의 발에 백묵 가루를 묻혀놓았고, 더 윤기 있고 건강해 보이도록 노예들의 피부에 송진을 발랐다.

노예 하나를 막대기로 툭툭 치며 크로투스가 말했다.

"황소처럼 튼튼한 사내 열에 여자가 여섯 있습니다. 그중 둘은 임신중이라 곧 가축처럼 부리기 쉬운 아이들을 낳을 겁니다. 집에서 태어나 길들인 노예만큼 유순한 노예는 없죠! 파카티아누스 님도 잘 아시겠지만 저는 거짓말을 못 합니다. 여기 이 노예에겐 한 가지 결함이 있죠. (또다시 막대기로 치면서) 이 녀석 목에 걸린 칠판에도 써놓았죠. 이 녀석은 주인에게서 도망친 노예입니다. 여기 씌어 있는 거 보이시죠. 도―망―자."

사람들이 일제히 웃음을 터뜨렸다. 도망가다 붙잡힌 노예는 불에 달군 뜨거운 쇠로 이마를 지져 표시해놓기 때문에 굳이 크로투스가 말하지 않아도 숨기기는 어렵기 때문이다.

"파카티아누스 님, 이 노예들 전부를, 자, 단돈 육만 세스테르케스에 드리겠습니다!"

인색하기로 소문난 파카티아누스는 어깨를 으쓱하고는 그냥 가는 척했다.

"잠깐만요. 기다리세요! 그 가격에 여기 있는 노예 셋도 끼워드릴게요."

크로투스가 외쳤다.

크로투스는 막대기로 늙은 노예들을 가리켰다. 노예 세 명은 어깨를 바로 펴고 고개를 꼿꼿이 세우려고 애썼다.

"이런, 이건 말도 안 되지. 송장이나 다름없는 노예들을 끼워주며 인심쓰는 척하다니."

루푸스가 말했다.

노예로 살아가는 것에 대한 공포에 너무 익숙해져버린 나머지 그 두려움마저 잊은 루푸스는 장난기 어린 투로 말했다. 그냥 가버리는 걸 보면 파카티아누스도 루푸스와 같은 생각을 한 게 틀림없다. 그는 가면서 중얼거렸다.

"이런 돼지 같은 노예들을 육만 세스테르케스에 팔아먹으려 하다니! 크로투스 자식, 미쳤군."

테렌티우스는 불만스러운 표정이었다. 크로투스의 가게에서 아주 좋은 물건을 찾을 수 있을 거라 기대했기 때문이다.

"테렌티우스 님, 안녕하세요! 오늘 아침엔 신수가 더 훤해 보이십니다. 그리고……"

"됐네, 됐어. 오늘은 자네 가게에 들른 보람이 없군. 구경할 만한 물건이 하나도 없는 건가?"

크로투스가 나지막이 말했다.

"테렌티우스 님을 위해 제가 하나 감추어둔 게 있습죠. 피부는 닭의 깃털보다 더 희고, 이빨은 진주처럼 하얗게 빛나는 물건입니다."

"온갖 신의 이름을 줄줄 대며 호메로스의 시라도 읊어줄 모양이군."

비웃으며 말하긴 했지만 루푸스도 내심 호기심이 발동했다.

노예 밀매 상인 크로투스는 우리 위에 드리워진 천을 걷어 우리 속에 갇혀 있는 젊은 여자 노예를 군중 앞에 선보였다. 천자락을 들추자 황금빛 햇살이 여자 위로 쏟아져내렸다. 이마가 무릎에 닿도록 웅크리고 앉아 있는, 벌거벗은 여자는 아직 어린아이에 가까웠다. 여자는 겁에 질려 고개를 들었다. 틀어올린 머리채가 풀려 금발이 어깨 위로 흘러내렸다. 금방이라도 울음을 터뜨릴 듯 샐쭉거리는 그녀는 한층 더 매력적으로 보였다.

"사랑이 눈뜨는구나!"

테렌티우스가 경탄했다.

"단돈 십만 세스테르케스에 드리죠."

걷어올렸던 천자락을 내리면서 크로투스가 가격을 제시했다.

루푸스는 주인의 소맷자락을 잡아당겼다. 젊은 노예 루푸스는 갑부인 주인 테렌티우스를 위해 모든 일을 처리했다. 사고 팔고 흥정하고 빼앗는 일 일체를 담당했다.

루푸스는 주인의 귀에 대고 속삭였다.

"이 여자아이가 어떻게 여기까지 왔을까요? 혹시 부모가 있는데 유괴당한 건 아닌지 크로투스에게 물어보십시오. 크로투스가 겁만 먹으면 삼만 세스테르케스도 안 되는 가격으로 살 수 있을 겁니다."

테렌티우스는 고개를 끄덕이며 걱정 섞인 표정으로 크로투스를 향해 물었다.

"간혹 이 자리에 있지 말아야 할 사람들이 불행하게도 팔려나오는 경우가 있지. 자네는 이 노예를 누구한테서 샀나?"

크로투스는 루푸스를 흘끗 한 번 쳐다보았다. 그는 테렌티우스보다 그의 노예 루푸스를 더 경계하고 있었다.

"무엇이든 숨기려고 한 적은 추호도 없습니다! 저는 정직한 사람입니다. 장사치로서 너무 정직한 게 오히려 흠이죠."

크로투스가 소리쳤다.

하지만 이런 우스갯소리에도 루푸스는 웃음 한 번 짓지 않았다. 키가 작은 루푸스는 까치발을 하고 서서 크로투스의 얼굴에 대고 외쳤다.

"어서 이실직고하시지, 크로투스!"

화가 난 크로투스의 눈썹이 치켜올라갔다. 테렌티우스처럼 고상한 사람이 어떻게 한갓 노예에 불과한 루푸스가 이처럼 무례한 말을 하도록 그냥 내버려둔단 말인가?

결국 크로투스는 실토하고 말았다.

"이 여자는 아콰에 섹스티에* 출신입니다. 이십 일 전에 거기서 체포되었죠. 이 여자는 동양의 광신교 신자입니다. 이 여자와 그 일파들은 크리스토스라는, 당나귀 머리를 가진 신을 숭배한다고 들었습니다."

루푸스는 주인의 귀에 대고 속삭였다.

"크리스토스교 신자들은 아이들을 고문해 죽인 뒤 그 피를 마신답니다."

테렌티우스는 혐오감에 눈살을 찌푸렸다. 그는 우리로 다가가 천을 걷어올렸다. 여자가 울음을 터뜨렸다. 여자는 당당하면서도 애원하는 몸짓으로 고개를 들어 자기를 살피고 있는 세 사람을 쳐다보았다. 그녀는 그들 중 제일 젊은 사람이 흥정하는 소리를 들었다.

"만오천 세스테르케스로 하지, 크로투스. 이 정도 물건에 이 값이면 괜찮은 거라구."

협상은 힘들었다. 하지만 크로투스는 마음에 걸리는 게 있었다. 감옥에 끌려가던 여자를 병사들에게 돈을 주고 샀기 때문이다. 결국 크로투스는 이만이천 세스테르케스에 합의하여 여자를 넘기면

---

* 오늘날의 엑상프로방스 지방.

서 이렇게 빼앗기다시피 거저 판 적은 없다고 투덜거렸다.

　루푸스는 경쾌한 걸음걸이로 주인 테렌티우스와 나란히 길을 떠났다. 크로투스는 화가 나서 씩씩거리며 루푸스가 군중 속으로 사라져가는 걸 지켜보고 있었다. 여자들도 그가 지나가는 것을 쳐다보았다. 루푸스는 아직 열아홉 살밖에 안 되었지만 아를라트 마을에서는 신화 같은 존재였다. 사람들은 루푸스가 안개 낀 갈리아 지방에서 왔으며 신들의 보호를 받는다고 생각했다. 왜냐하면 루푸스는 어느 떡갈나무 아래에서 돼지치기들에 의해 발견되었는데, 그들이 아기였던 루푸스에게 다가갔을 때 늑대 한 마리가 그에게 젖을 먹이고 있어서, 늑대를 쫓고 아이를 데려왔기 때문이다. 당시 갈리아 북부 지방을 여행하던 테렌티우스 프리스쿠스는 루푸스가 로마를 세운 창조신 로물루스처럼 부모에게 버려진 후 늑대의 보살핌을 받았다는 이야기를 듣게 되었다. 테렌티우스는 돼지치기들에게 돈을 주고 그 아이를 사서는 내력에 걸맞게 루푸스*라는 이름을 지어주었다.

---

* 라틴어로 늑대라는 뜻.

향유병

　노예 상인 크로투스가 판 여자 노예의 이름은 알바였다. 알바는 그라쿠스 플라우티우스의 양녀였다. 플라우티우스의 집에 들어갔을 때, 알바는 열두 살 소녀였다. 알바는 거기서 처음으로 십자가 위에서 죽은 신 크리스토스에 대한 이야기를 들었다. 알바는 이미 유피테르, 넵투누스, 메르쿠리우스* 같은 다른 신들을 섬기고 있었다. 그 신들은 아름답지만 거짓말을 하고 충실하지 못한데다 오만했다. 알바는 그들을 사랑했다. 하지만 양아버지가 자기 때문에 괴로워하는 것을 원치 않았기 때문에 그가 섬기는 신

---

* 로마 신화에 나오는 신들의 이름. 각각 그리스 신화의 제우스, 포세이돈, 헤르메스에 해당한다. 영어명은 주피터, 넵튠, 머큐리(옮긴이).

을 자신이 믿는 신들에 보냈다. 그리고 몇 년의 세월이 흐른 어느 날, 너무나 끔찍한 일이 일어났다. 로마 군사들이 집으로 쳐들어 온 것이다. 백부장이 그라쿠스에게 말했다.

"작별인사나 해라."

그라쿠스는 알바를 품에 꼭 껴안고는 귀에 대고 나지막이 속삭였다.

"향유병 말이다. 할 수만 있다면 네가 가져가거라."

그렇게 두 사람은 헤어졌고, 알바는 노예 시장에 팔려나오는 신세가 되었다. 그라쿠스는 어떻게 되었을까?

그리고 향유병은? 알바는 그제야 향유병이 다시 생각났다. 그건 향유가 들어 있는 작은 병이었다. 알바는 그 병을 단 한 번밖에 보지 못했다. 그것은 그라쿠스가 섬기는 신과 마찬가지로 팔레스타인에서 온 것이다. 막달라에서 태어난 마리아라는 여인이 그 향유병을 갈리아 지역에 가져왔다. 마리아는 죽으면서 그라쿠스의 아버지에게 그 병을 맡겼다.

향유병. 그라쿠스와 알바, 오직 두 사람만이 향유병이 어디에 있는지 알고 있었다. 그 장소는 그라쿠스의 집 정원 아트리움*이

---

* 원래는 로마 시대의 주택에 있는 중정(中庭)을 가리키는 말이었으나, 후에는 기독교 예배당의 개방된 공간을 뜻하게 된다(옮긴이).

었다. 어느 날 그라쿠스는 물고기 꼬리 그림이 모자이크된 바닥의 타일을 들어내고는 은밀히 숨겨둔 향유병을 꺼내왔다. 당시 집 안에 병든 노예가 한 명 있었다. 의사도 살아날 가망이 없다며 이미 단념한 상태였다. 그라쿠스가 알바에게 말했다.

"이 향유만 있으면 모든 병을 고칠 수 있단다. 하지만 아주 특별한 경우에만 사용해야 해. 자, 봐라. 양이 아주 적지. 내가 잘하는 건지 모르겠구나."

알바는 기억하고 있었다. 그라쿠스가 향유병 마개를 열었을 때 신비롭고 매우 좋은 향이 퍼졌다. 그가 병든 노예에게 향유를 한 방울 두 방울 마시게 하자 곧 노예의 병이 씻은 듯이 나았다.

알바는 여유가 있을 때마다 아버지와 향유병 생각을 했다. 테렌티우스 프리스쿠스의 저택에 살면서부터 혼자 지내는 시간이 많아졌다. 가끔은 주인이 그녀를 찾으러 사람을 보내곤 했다. 자신을 위해 혹은 초대한 손님들을 위해 알바에게 키타라* 연주를 시키기 위해서였다. 알바는 자신을 쳐다보는 낯선 사람들 앞에서 두려움과 공포를 느꼈다. 하지만 그들 중 어느 누구도 알바에게 말을 걸지 않았다. 심지어 다른 노예들조차 그녀와 함께 있기를 꺼리는 듯했다.

---

* 고대 그리스의 현악기(옮긴이).

알바는 오래지 않아 사람들이 자신을 피하는 이유를 알게 되었다. 집 안의 노예들 중 하나가 그녀에 대해서 끔찍한 거짓 소문을 퍼뜨리고 다닌 것이다. 알바는 자신에 대해 아무 근거도 없는 험담을 늘어놓는 그 노예를 주의 깊게 관찰하기 시작했다. 그는 매우 젊었고 종종 까치발로 섰다. 어리석게도 잘생긴 자기 외모에 만족하는 것처럼 보였다. 실제로 그의 얼굴은 훌륭한 조각가의 작품처럼 섬세하고 아름다웠다. 알바는 그런 그를 사랑할 수도 있었기에 그만큼 더 그를 증오했다.

어느 날 아침, 알바와 루푸스는 정원에서 서로 마주쳤다. 루푸스는 알바가 지나가도록 한 발짝 옆으로 비켜섰다.

"네 주인 뒤에 숨어 있지 않을 때도 있구나."

알바의 목소리는 분노와 수줍음으로 떨렸다.

"내 주인은 곧 너의 주인이기도 하지."

루푸스가 그 사실을 상기시켰다.

루푸스는 그냥 지나쳐 가려고 했지만 알바가 한 손으로 팔을 잡아 그를 멈춰 세우고는 말했다.

"왜 나를 괴롭히는 거지? 사람들은 내가 마술을 부리고 아이들을 잡아먹는다고 믿고 있어. 그런 거짓말을 퍼뜨린 게 바로 너란 걸 알아. 아니라고는 말 못 하겠지?"

"물론 내가 그랬다."

루푸스는 잡힌 팔을 빼내며 말했다.

"도대체 왜?"

알바는 루푸스가 왜 그처럼 악의에 찬 일을 한 것인지 스스로에게 묻기라도 하듯 낮은 소리로 말했다.

"사람들이 너를 겁낸다면 그들은 널 가만히 내버려둘 테니까."

루푸스가 대답했다.

알바는 궁금증이 가득한 눈으로 루푸스를 쳐다보았다.

"가만히 내버려둔다고?"

그녀가 다시 물었다.

"너 바보 아냐? 너같이 젊은 여자 노예들은 결국 주인에게 불려가 같이 잠자리에 들게 된다는 걸 모른단 말이야?"

루푸스는 망토 자락을 휘날리며 제자리에서 홱 돌아섰다.

"공포감을 주는 신비로움으로 너 자신을 감싸도록 해."

루푸스는 알바의 귀에 대고 속삭였다.

루푸스는 춤추는 듯한 걸음걸이로 멀어져가다가 갑자기 돌아서서는 과장된 몸짓을 하며 소리쳤다.

"나는 늑대의 아들이다. 아무도 감히 내게 손대지 못해."

알바는 웃음을 지었다. 갈리아의 작은 신을 닮은 루푸스가 악의에 찬 행동을 한 진짜 이유를 이제야 알게 되었다. 루푸스는 무서운 신비감으로 둘러싸서 그녀를 보호하려 한 것이다.

"루푸스, 이제야 나타나다니. 도대체 어디서 어슬렁거리다 온 거냐?"

이날 아침, 기분이 언짢았던 주인은 루푸스를 맞으며 이렇게 말했다.

테렌티우스 프리스쿠스는 전날 밤 과식한 탓에 소화불량으로 괴로워하고 있었다. 그는 쿠션에 푹 파묻혀 작은 새끼고양이를 어루만지면서 얼굴 미용을 담당하는 노예에게 초췌한 얼굴을 내맡기고 있었다. 노예가 보리, 꿀, 악어 배설물로 만든 미용팩을 주인 얼굴에서 막 벗겨내던 참이었다.

"저는 어슬렁거린 적 없습니다. 주인님이 부르시는 소리를 듣고 한걸음에 달려온 걸요."

루푸스는 가만가만 주인의 말에 항의했다.

테렌티우스는 서둘러 뛰어온 척하는 루푸스를 흠씬 두들겨패주고 싶었다. 하지만 팩 때문에 움직일 수가 없어 고양이를 손으로 꽉 움켜쥐고 주물러대는 것으로 그쳤다. 미용 담당 노예는 주인의 이마, 목, 살진 어깨에 백연(白鉛)을 한 겹 두텁게 발랐다.

"주인님 피부는 유피테르 대리석상처럼 곱네요."

루푸스는 방에 장식해놓은 유피테르 조각상을 가리키며 주인에게 아부를 늘어놓았다.

테렌티우스는 어리석은 면이 있기는 했지만 바보는 아니었다. 그는 루푸스가 자신을 놀리고 있다는 것을 잘 알고 있었다. 그래서 가끔씩은 자신의 젊은 노예에게 복수할 생각도 해보았다. 하지만 루푸스의 도움 없이 어떻게 지낼 수 있을까? 갈리아의 신 메르쿠리우스처럼 약삭빠르고 사기꾼 같은 면이 있는 루푸스는 영악하게도 주인의 일을 오직 자기만 해결할 수 있도록 복잡하게 만들어놓았다.

"내 주변에서 그만 좀 뛰어다녀라."

테렌티우스가 짜증을 냈다.

"거기 의자에 좀 앉아서 내가 불러주는 걸 받아적어."

또다른 노예 한 명이 자줏빛, 황갈색, 주홍색 등 값비싼 분가루가 든 둥근 나무 상자 여러 개를 가지고 들어왔다. 루푸스는 테렌티우스가 불러주는 문장을 재빨리 받아적기 위해 밀랍 서판을 들었다. 스스로 작가임을 자부하는 로마인 테렌티우스는 '노예의 필요성에 관하여'라는 제목의 책을 이미 쓰기 시작한 터였다.

"가축의 유용성과 노예의 유용성은 그 성격이 같다. 가축이나 노예 모두 우리 존재의 필요를 충족시켜주기 때문이다."

테렌티우스는 커다란 손바닥으로 고양이의 작은 머리를 누르듯 쓰다듬으며 받아쓸 내용을 불러주었다.

미용 담당 노예가 분가루에 침을 섞은 후 천뭉치와 붓을 사용해

주인의 광대뼈와 입술에 발랐다. 노예가 얼굴 화장을 해주는 동안 테렌티우스는 말하는 것을 잠시 중단해야만 했다. 잠시 후 테렌티우스는 대화하듯이 다시 말하기 시작했다.

"옛날 수메르인들은 노예들의 코에 고리를 걸고 거기에 끈을 달아 노예들을 부렸지. 마치 소 부리듯 했어."

"그것도 받아적어야 하나요?"

루푸스가 주인에게 물었다.

"아니다. 단지 교훈 삼아 이야기한 것뿐이야. 하지만 노예와 소에 대한 비교를 좀더 발전시켜보는 것도 좋을 것 같구나. 네 생각은 어떠냐?"

"저를 소라고 해두죠."

루푸스가 타협조로 말을 꺼냈다.

"하지만 제가 보기에 주인님 얼굴에 발라놓은 분가루는 요전날 장터에서 본 원숭이의 알록달록한 엉덩이색과 비슷한 걸요."

갑자기 물건 깨지는 요란한 소리와 함께 찢어질 듯한 고양이 울음소리가 들렸다. 주인이 고양이를 집어던지고 분가루, 크림, 향유를 밀치면서 벌떡 일어선 것이다. 루푸스는 절벽을 향해 달리다 넘어선 안 되는 선을 한 걸음 넘어버리고 만 것이다. 그 사실을 깨닫자, 루푸스의 얼굴이 창백하게 변했다.

"트라스를 불러와."

테렌티우스가 미용 담당 노예에게 명령을 내렸다.

말을 듣지 않는 노예를 매질하는 것이 트라스의 임무였다. 루푸스는 주인 앞에 무릎을 꿇고 용서를 구해야 했지만 현기증 비슷한 것이 일어나 몸이 마비된 것처럼 꼼짝할 수 없었고, 말 한마디 할 수 없었다. 루푸스는 저항 한 번 못 하고 트라스에게 질질 끌려갔다. 그 와중에도 '오십 대'라는 소리만은 들은 것 같았다. 물론 맞아야 하는 매의 수임이 분명했다. 하지만 채찍이 스물다섯번째로 몸을 후려치는 순간, 테레티우스가 말했다.

"그만, 됐다."
주인이 루푸스에게 남은 매질을 면제시켜준 것이다.

그날 밤 루푸스는 화끈거리는 등의 상처 때문에 괴로워하면서 제단에서 내쳐진 작은 신의 쓰라린 고통을 뼈저리게 느꼈다. 그가 겪은 고초는 테렌티우스 프리스쿠스 영지에 있는 모든 사람들에게 알려졌다. 늑대의 아들이라는 사실도 채찍질로부터 그를 보호해주지는 못했다! 루푸스가 남을 조롱하기를 좋아했던 만큼 사람들도 그를 비웃었다. 알바는 그를 비웃는 사람들 편에 서지 않았다. 그라쿠스 플라우티우스에게서 자비와 동정심을 배웠으니까. 다음날 알바는 기회를 엿보다 루푸스에게 살짝 다가가 그를 위로하려 했다. 하지만 알바가 자신을 비웃기 위해 찾아왔다고 생각한 루푸스는 먼저 말을 꺼내며 선수를 쳤다.

"늑대의 아들이 아니라 매 맞은 개 꼴이야. 그렇게 생각하지?"

"많이 아프니?"

알바가 물었다.

"그렇다면?"

루푸스가 차갑게 되물었다.

분노로 인해 루푸스의 눈앞이 흐려졌다.

"상처가 뼛속까지 깊으니 어쩌겠어. 약도 없지."

아니, 있다! 향유. 알바의 머릿속에 불현듯 향유병을 되찾아올 방법이 떠올랐다. 그 중대한 임무를 루푸스에게 맡기는 거다.

"루푸스, 너도 알다시피 나는 크리스토스교 신자고, 또 좀……"

알바는 차마 말을 잇지 못하고 망설이다가 '공포감을 주는 신비로움으로 너 자신을 감싸라'고 했던 루푸스의 충고를 기억해내고는 마침내 입을 열었다.

"나는 마법사야. 네 상처를 낫게 하고 몸에 난 채찍 자국을 없앨 수 있어."

루푸스는 의심스럽다는 듯이 알바를 쳐다보았다. 결국 크리스토스교에 대해 떠돌던 소문이 사실이었단 말인가?

"어떻게 그런 일을 할 수 있지?"

알바는 아콰에 섹스티에에 있는 플라우티우스의 저택과 그 정원에 숨겨놓은 향유가 든 병에 대해 이야기하기 시작했다. 루푸스가 향유를 훔쳐 달아나지 않도록 하기 위해 신중하게 한마디 덧붙이는 것도 잊지 않았다.

"이 향유는 사람을 살릴 수 있지만 죽일 수도 있어. 향유를 사용하는 법을 알아야만 해. 가서 향유병을 찾아 나한테 가져와."

루푸스는 주인의 일을 처리하기 위해 나르본 지역을 자유롭게 왕래하고 있던 터라 다녀와도 좋다는 허락민 받으면 되었다.

그날 아침, 테렌티우스 프리스쿠스는 극도로 예민한 상태였다. 미신을 믿었던 그는 늑대의 아들을 매질하라고 시킨 게 신들을 모독한 행위가 아닌지 두려웠다. 호화로운 미용실에 들어서자 노예들이 치우지 않아 땅바닥에 나뒹굴고 있는 깨진 병조각들이 눈에 들어왔다. 루푸스가 집안 일을 돌볼 수 없게 된 바로 그 순간부터 모든 게 엉망이 되기 시작한 것이다. 더구나 지난밤까지도 쓰다듬어주던 고양이가 죽어 있는 걸 보고 나니 기분이 몹시 언짢았다. 손가락 끝으로 죽은 고양이를 뒤집자 주둥이에 백연이 묻어 있는 게 보였다. 고양이가 화장품을 우유 크림으로 착각하고 먹고 죽은 것일까? 아니면 높은 데서 떨어져 죽은 걸까? 포석이 깔린 바닥 위 죽은 고양이 가까이에 그림자 하나가 드리워졌다. 루푸스가 조용히 곁으로 다가왔다. 테렌티우스는 루푸스와 얼굴을 마주하기가 망설여져 잠시 그의 그림자를 응시했다. 그러나 이내 망설이고 있는 자신이 못마땅해졌다.

"주인님, 접니다."

루푸스는 아무 일도 없었다는 듯이 밀랍 서판을 들고는 고통으로 굳은 얼굴로 주인의 말을 받아적기 시작했다.

"이는 역사의 큰 교훈이다. 노예 없이 제국은 존재할 수 없다. 사원도, 빵도, 오락도 노예 없이는 있을 수 없다. 노예들은 우리의 노동자이자 농부이며 검투사이기 때문이다."

일이 끝난 후 루푸스는 볼일이 있으니 아콰에 섹스티에에 다녀올 수 있도록 허락해달라고 주인에게 청했다. 테렌티우스는 매를 맞은 일 때문에 루푸스가 도망치려는 게 아닐까 생각하며 눈살을 찌푸렸다.

"무슨 일 때문이지?"

루푸스는 과일을 팔고 곡물을 사와야 한다고 말했다. 하지만 그의 설명은 다소 장황하게 들렸다.

"네가 가고 싶어하는 건 잘 알겠다만, 이유는 잘 모르겠구나."

그는 잠시 시간을 두고 생각에 잠겼다. 도망치고 싶어하는 노예는 언젠가는 도망치게 마련이다. 금지하는 것은 아무 소용이 없다. 더구나 루푸스가 원하는 일이라면.

테렌티우스는 마침내 허락했다.

"다녀오너라. 가서…… 중요한 일을 잘 처리하고 오너라."

그는 젊은 노예 루푸스를 똑바로 응시했다.

"하지만 조심해라."

테렌티우스는 그렇게 말을 맺었다.

막강한 힘을 가진 로마인 테렌티우스는 설사 루푸스가 도망친다 해도 다시 붙잡아올 수 있다는 확신에 차 있었다. 루푸스는 나르본 일대에 잘 알려진 인물이라 그를 알아보는 건 어려운 일이 아니었다. 위험을 감수하면서까지 그를 숨겨줄 사람은 아무도 없었다. 난처한 것은 루푸스를 잡아온 후의 문제였다. 십자가형은 면하게 해준다 하더라도 본보기 차원에서 잔인하게 벌하는 것은 피할 수 없을 것이다.

아침 일찍 출발한 루푸스는 하루 종일 말을 타고 달려 해가 질 무렵에야 그라쿠스의 집 앞에 당도할 수 있었다. 집 정원 아트리움에 들어서자 맨바닥에 잠들어 있는 한 노인이 눈에 들어왔다. 로마 군인들이 잊어버렸거나, 상품 가치가 없어 버려두고 간 노예였다. 루푸스는 그를 깨워 그간의 이야기를 들었다. 그리고 그라쿠스가 체포된 후 로마 신들에게 희생제물을 바치는 것에 반발하다 결국 고문을 받고 감옥에서 죽었다는 사실을 알게 되었다.

루푸스는 노인에게 돈을 좀 쥐여줘 멀리 보내고는 아트리움 바닥의 모자이크에서 물고기 그림을 찾아냈다. 작은 대리석 타일을 들어올리니 향유가 담긴 병이 숨겨져 있었다. 밤이 이슥했기 때문에 루푸스는 술집에서 딱 한 번 그 물건을 살펴볼 수 있었다. 손잡이도 받침대도 없고 마개로 밀봉해놓은 흰색 병으로, 가득 차 있지는 않았다. 환상일까 아니면 빛이 반사된 것일까? 루푸스가 향유병을 기름램프 불빛에 비추어보았을 때 병 색깔이 장밋빛을 띠는 것처럼 보였다. 호기심에 밀봉된 마개를 벗겨보니 내용물이 붉은색을 띠고 있어서 소스라치게 놀랐다. 그 순간 병 안에서 역겨운 냄새가 풍겨나왔다. 뒷일을 보는 곳에서 나는 냄새 같기도 하고 녹슨 철이나 피 냄새 같기도 했다. 루푸스는 서둘러 마개를 닫고는 생각했다. '그래, 그게 사실이었던 거야.' 크리스토스 교도들은 사람의 피를 마시는 게 분명하며, 마녀 알바는 사악한 일을 하기 위해 그를 이용한 것임이 틀림없었다.

루푸스는 벌거벗은 채 우리 안에 갇혀 울던 소녀를 떠올렸다. 루푸스는 그녀에게서 평소에 전혀 느끼지 못한 연민을 느꼈다. 그는 주인이 알바를 사도록 부추기고는 알바가 주인의 눈에 매력적이기보다는 무서운 존재로 보이도록 만들었다. 이기주의자인 작은 신 루푸스가 알바를 염려하여 그녀를 보호한 것이다. 우리 안에 갇혀 있던 그녀의 모습이 떠오를수록 증오심이 그의 심장을 죄어왔다. 그녀는 그를 비웃고 있었다! 채찍, 야수, 십자가로 그녀를 백 번이라도 사형에 처할 것이다. 그러자 그의 눈에서는 연신 눈물이 흘러내렸다. 눈이 아파왔다. 서서히, 고통스럽게 죽어갈 사람은 바로 그였다. 메르쿠리우스, 그도 가끔은 사랑에 빠졌다.

마음 움직이는 대로

루푸스가 떠난 후, 주인 테렌티우스는 시간이 얼마나 지났는지 계산해보았다. 젊은 노예 루푸스는 그에게 없어서는 안 될 존재였다. 그에게는 루푸스가 동업자, 재무대신, 비서이자 비밀을 털어놓는 친구이며 충견이었으니까.

"만약 그를 잃는다면 막대한 재산을 잃는 거나 다름없네."

로마인 테렌티우스는 그를 방문한 크로투스에게 말했다.

"이십만 세스테르케스입죠."

크로투스가 얼추 추정한 손해액을 들먹였다.

노예 상인 크로투스는 돈 많은 고객 테렌티우스의 집에 잠시 들른 참이었다.

"아니, 손해는 그보다 더 크네. 루푸스는 교육을 받은데다 그리스어도 할 줄 아니까."

테렌티우스는 화가 나서 말했다.

"삼십만 세스테르케스."

마치 경매라도 하듯 크로투스가 말했다.

"루푸스의 목에 테렌티우스 님의 이름이 적힌 목걸이라도 하나 걸어두지 않은 건 경솔한 행동이었습니다."

테렌티우스가 신음 소리를 냈다. 몸이 좋지 않은 듯했다. 너무 많이 먹었거나 아니면 너무 많이 마신 모양이었다.

"그리고 버릇을 잘못 들이셨습니다. 그런 녀석은 한 번씩 매질을 해줘야 하는데. 아마 그랬으면 이렇게까지 허세를 부리지는 못했을 겁니다."

루푸스에게 복수할 것이 있는 크로투스가 계속 말을 이었다.

테렌티우스가 다시 신음 소리를 냈다. 그는 정말로 고통스러워했다. 불에 달군 집게로 배를 쑤시는 듯한 통증이 전해왔다. 창백해진 두 뺨의 움푹 팬 골 위로 식은땀이 흘렀다.

"늑대라고들 하지만, 사실 루푸스는 하룻강아지에 불과하죠. 맘대로 풀어주면 주인을 물지만 매를 들어 때리면 주인을 핥죠."

크로투스가 악의에 차서 말했다.

그때 테렌티우스가 눈이 휘둥그레지며 갑자기 손으로 배를 움켜쥐었다.

"몹시 아프군. 크로투스, 아낙사고르를 불러주게."

테렌티우스가 신음하며 말했다.

아낙사고르는 노예인 동시에 의사였다. 테렌티우스는 비싼 값을 치르고 사들인 아낙사고르를 전적으로 신임했다. 주인의 배를 만지고 맥박을 짚어본 아낙사고르의 표정에 걱정하는 빛이 역력했다. 화장한 테렌티우스의 안색이 잿빛으로 변했다. 진찰을 끝내고 아낙사고르가 말했다.

"단순히 과식 때문만은 아닙니다. 어제와 오늘 무엇을 드셨지요?"

"그게 기억이 나나."

무엇을 먹는지 생각하지도 않고 아무 음식이나 게걸스레 먹어대는 테렌티우스가 화를 내며 대답했다.

주인의 화를 돋우는 건 아닐까 두려워진 아낙사고르는 크로투스를 향해 몸을 돌렸다.

"다 토해내셔야 합니다. 히솝*을 우려낸 물을 마신 다음 미지근한 소금물을 드셔야 합니다."

크로투스는 아낙사고르의 처방을 들으며 이맛살을 찌푸렸다. 계속되는 테렌티우스의 신음 소리에 두 사람은 머릿속이 멍할 지

---

* 박하과(科)의 식물(옮긴이).

경이었다.

"그럼 빨리 서둘러야 할 것 아니냐! 그렇게 꾸물대다가는 뼈도 못 추릴 만큼 얻어맞을 줄 알아."

주인은 아낙사고르를 향해 소리쳤다.

아낙사고르는 서둘러 뛰어나갔다. 한편 크로투스는 마침내 루푸스에게 복수할 구실을 찾아냈다. 그는 테렌티우스 곁에 앉았다.

"혹시 노예들 중 한 명이 테렌티우스 님을 독살하려 한 것은 아닐까요?"

크로투스는 조심스럽게 주위를 살피며 낮은 목소리로 물었다.

테렌티우스는 백연을 먹고 죽어 있던 고양이를 떠올렸다. 그리고 바닥에 길게 늘어져 다가오던 루푸스의 그림자도.

"하지만 누가? 뭔가 알고 있는 거냐?"

테렌티우스가 중얼거리듯 물었다. 그러자 크로투스는 강력히 부인했다.

"저는 아무것도 모릅니다. 하지만 테렌티우스 님처럼 건강하고 위도 튼튼하신 분이 이처럼 고통스러워하는 걸 보니 뭔가 석연치 않습니다. 조리사와 그의 조수들을 매질해보십시오. 뭔가 알고 있다면 모두 실토할 겁니다."

고통으로 판단력이 흐려진 테렌티우스는 크로투스의 말이 옳다고 생각했다. 그는 크로투스에게 말했다.

"트라스를 불러오너라."

노예 상인 크로투스는 매질을 담당하는 노예 트라스를 부르기 위해 방을 나섰다. 하지만 살짝 돌아서서 부엌에 먼저 들렀다. 그는 조리사와 조수들에게 루푸스가 부엌에 들어와 근처에서 얼쩡거린 적이 있다고 거짓 자백을 하라고 미리 귀띔해두었다.

그사이 아낙사고르가 탕약 한 사발을 들고 돌아왔다. 탕약을 몇 모금 마신 테렌티우스는 끔찍할 정도로 구토를 했다. 얼마 후 발작이 가라앉고, 테렌티우스는 좀 나아진 듯했다. 하지만 트라스가 이미 그의 소임인 매질을 시작한 후였다. 그는 요리사의 조수 중 제일 어린 아이를 매질하고 있었다. 크로투스는 테렌티우스를 향해 숨이 차도록 달려왔다.

"모두 자백했습니다. 범인은 바로 루푸스입니다."

크로투스가 소리쳤다.

"루푸스? 그 녀석이 대체 무슨 짓을 한 거지?"

"루푸스가 아콰에 섹스티에로 떠나기 전 부엌 근처를 어슬렁거리며 드나들었다고 합니다. 평상시에는 좀처럼 부엌 출입을 하지 않는 녀석이죠. 루푸스가 테렌티우스 님이 좋아하시는 향기로운 포도주에 뭔가 집어넣는 것을 봤다고 어린 텔레스포르가 실토했습니다."

"불과 얼마 전까지만 해도 그 포도주를 마셨는데!"

마치 그것이 루푸스가 범인이라는 확실한 증거라도 된다는 듯이 테렌티우스가 외쳤다.

"아, 불쌍한 것! 범행을 저지르고는 곧 도망친 게로구나."

그 시간, 루푸스는 크로투스가 자신을 모함하려고 함정을 파놓은 것도 모르고 주인의 집으로 돌아오는 길이었다. 그는 알바에 대한 분노에 가득 차 그녀에게 해명을 요구할 참이었다. 한편 알바는 루푸스에게 닥친 위험을 미리 알려주려고 그가 돌아오기만을 기다리며 망을 보고 있었다. 온 집안의 관심이 극심한 고통으로 괴로워하는 테렌티우스에게만 쏠려 있어 알바에게는 아무도 신경 쓰지 않았다. 루푸스가 집에 도착한 것도 알바 외에는 아무도 눈치채지 못했다. 알바는 두려움에 몸을 떨며 루푸스를 맞았다.

"루푸스, 조심해야 돼!"

알바는 루푸스의 품에 안기다시피 뛰어들며 외쳤다.

"조심해야 할 사람은 바로 너야. 이 형편없는 거짓말쟁이! 피를 빠는 흡혈귀!"

루푸스는 향유병을 흔들어댔다. 순간 알바의 얼굴이 환해지며 웃음이 가득 번졌다.

"가져왔구나! 해냈어!"

"그래. 하지만 피를 향한 네 그 역겨운 목마름을 채워주고 싶은 마음은 없어."

"도대체 무슨 말을 하는 거지? 왜 자꾸 피 얘길 하는 거야?"

루푸스가 괴로워하는 모습에 알바는 매우 놀란 듯했다.

"이 병에 들어 있는 게 뭔지 모른단 말야? 이건 피야, 알바. 가장 아름다운 붉은빛을 띤 사람의 피라구!"

알바는 안심하며 미소를 지었다.

"루푸스, 그건 네가 착각한 거야. 향유에 붉은빛이 도는 건 진사(辰砂) 때문이야."

"하지만 알바, 그 냄새는?"

루푸스가 마개를 열고 알바의 코밑에 병을 갖다댔다. 알바는 눈을 감고 숨을 깊이 들이마셨다. 한증막에서 나는 백향목 향기와 마사지 오일 향이 몸 전체에 퍼져나가 긴 한숨을 내쉴 정도로 편안함을 느꼈다.

얼굴을 붉히며 눈을 뜨자, 루푸스의 나른한 시선과 마주쳤다. 루푸스는 향이 나는 미지근한 물이 담긴 욕조 안에 들어가 있는 듯한 기분을 느끼고 있었다. 그는 급히 고개를 돌리며 서툴게 향유병 마개를 닫았다.

그 순간 갑자기 누가 소리쳤다.

"녀석을 찾았다! 루푸스가 여기 있다! 잡아라!"

크로투스가 정원에 있는 루푸스를 알아보고 이 사실을 소리쳐

알린 것이다. 트라스가 루푸스를 잡으러 왔다. 루푸스가 끌려가는 동안 알바는 루푸스 곁에 서서 그가 어떤 혐의를 받고 있는지 자초지종을 설명해주었다.

"바로 루푸스가 테렌티우스 님을 독살하려 했던 범인입니다!"

크로투스는 주인 앞에 끌려온 루푸스를 범인으로 몰아세웠다.

테렌티우스는 간신히 눈을 떴다. 그는 콜레라로 죽어가고 있었다. 루푸스는 자신을 소에 비유하며 모욕을 준 자, 말대답했다는 이유로 자신에게 매질을 한 주인을 물끄러미 바라보았다. 하지만 그의 마음속에는 일말의 복수심도 없었다. 그는 테렌티우스 앞에 무릎을 꿇었다.

"주인님, 저는 결백합니다."

테렌티우스는 무엇인가 말하고 싶어했다. 루푸스의 죄를 물으려는 걸까 아니면 그의 편을 들어주려는 걸까? 그건 알 수 없었다. 그는 단 한 마디도 할 수 없었던 것이다.

방 한구석에서 작은 목소리가 들려왔다.

"제가 주인님을 살릴 수 있습니다. 저는 마법사입니다. 주인님의 병을 고칠 약을 가지고 있습니다."

알바가 지나가도록 모두 길을 비켜주었다. 알바가 눈빛으로 동의하는지 묻자, 의사는 허락했다. 의사도 주인을 살릴 방도가 더이상 없다는 사실을 알고 있었다. 독살 혐의가 풀리지 않는다면 모든 노예가 고문을 받고 죽임을 당할 터였다.

알바가 향유병 마개를 열자 사람의 영혼과 육체를 편안하게 해
주는 향이 공기 중에 퍼져나갔다. 진정제 효과가 있는 마편초와
야생박하 향이었다. 알바는 특별한 경우에만 향유를 사용해야 한
다는 사실을 잘 알고 있었다. 그녀는 마음속으로 기도했다.
'그라쿠스의 신이시여, 만약 제가 잘못을 범하는 것이라면 제
팔을 붙들어 멈추어주소서.'
향유병을 손에 쥐고 알바는 잠시 망설였다. 그리고 몸을 숙여
고통으로 숨을 헐떡이는 로마인 테렌티우스의 입을 억지로 벌린
후, 입 안에 향유를 한 방울 두 방울 떨어뜨렸다. 모두 입을 다물
고 숨을 죽였다. 침묵 가운데 오직 알바만이 한 음성을 들었다.
"네가 잘했도다."
알바는 고개를 들어 곧바로 마주 보이는 하얀 유피테르 상을 바
라보았다.
이윽고 테렌티우스가 정신을 차리며 중얼거렸다.
"모든 신께 감사를. 아낙사고르, 네가 나에게 이 신비의 명약을
먹였느냐?"
"아닙니다, 주인님. 알바가 한 일입니다."
의사 아낙사고르가 대답했다.

크로투스는 상황이 역전되었음을 깨닫고는 조용히 문 쪽으로 물러나더니 이내 도망쳐버렸다.

"알바? 알바가 나를 살려주었다고?"

테렌티우스는 매우 놀랐다.

"주인님, 그 약을 가져온 사람은 바로 루푸스입니다."

알바가 말했다.

테렌티우스는 더이상 고통을 느끼지 않았지만 대단히 피곤했다. 잠시 후 방에 있던 노예들이 모두 물러갔다.

루푸스와 알바는 정원에서 다시 만났다.

"너, 정말 마법사구나."

루푸스는 조금 전의 일로 매우 강한 인상을 받았다. 그는 알바보다 키가 더 커 보이도록 까치발로 섰지만 별 소용이 없었다. 알바는 그 일을 한 건 향유이지, 자기가 아니라는 걸 잘 알고 있었다. 하지만 냉소적인 작은 신을 닮은 루푸스가 주눅들어 있는 게 별로 기분 나쁘지 않았다.

"내 상처를 치료해줄 수 있겠니?"

루푸스가 알바에게 청했다.

루푸스는 알바가 미처 대답하기도 전에 코트를 벗고 갈색, 푸른색, 보라색 멍자국과 상처가 난 등을 내밀었다. 알바는 다시 한 번 향유병 마개를 열고 손끝에 향유를 한 방울, 두 방울 묻히고는 루푸스의 등을 위아래로 어루만져주었다. 그러자 마치 서판에 있는 글씨를 지우기라도 한 듯 루푸스의 피부는 황금빛 윤기가 돌면서 말끔해졌다.

기분을 좋게 하고 피로를 풀어주는 온천향이 두 사람을 감쌌다. 알바는 치료를 끝낸 후 작은 신 루푸스의 목에 살며시 입술을 대고 키스해주었다.

다음날 테렌티우스 프리스쿠스는 트라스에게 루푸스와 알바를 데려오라고 명령했다.

"너희가 원하는 게 무엇이냐? 다 들어주마. 자, 망설이지 말고 말해보아라."

테렌티우스는 다소 무뚝뚝하지만 호의에 찬 어조로 물었다.

테렌티우스는 두 젊은 노예가 자유를 달라고 청할 거라 생각했다. 그는 두 사람을 노예 신분에서 해방시켜주기 위해 모든 것을 이미 준비해놓은 터였다. 하지만 평소 허세 부리기 좋아했던 루푸스는 알바의 손을 잡은 채 한마디도 못 하고 있었다. 테렌티우스는 자기 앞에 서 있는 젊은 한 쌍을 바라보았다. 그러고는 이런 감동을 견디지 못하겠다는 듯 화장기 있는 눈을 지그시 감았다. 그는 자신이 그들에게 무엇이든 할 수 있는 권력을 가지고 있다는 사실을 상기했다.

"내 집 안에 서로 사랑에 빠진 노예들이 있구나."

눈을 뜨며 그가 말했다.

그것은 어리석고 물의를 일으키는 짓이었다. 루푸스는 자신을 구할 말을 생각해냈다.

"주인님, 때로는 소 두 마리를 한 수레에 묶기도 한답니다."

테렌티우스가 웃으며 답했다.

"좋다. 너희에게 각각 서로를 주노라."

그런 다음 약간 얼굴을 찌푸린 채 덧붙였다.

"그리고 두 사람은 이제 자유의 몸이다."

알바와 루푸스는 자유의 몸이 된 후에도 테렌티우스 프리스쿠스의 집에 계속 살았다. 그들이 달리 어디로 갈 수 있단 말인가? 알바는 그라쿠스가 경외하며 섬기던 신에 대한 이야기를 더이상 듣지 못했다. 하지만 몇 년이 지나 루그두눔*에 들르게 되었을 때, 알바는 크리스토스 교도라 불리던 기독교인들이 거기 살고 있다는 사실을 알게 되었다. 알바는 자신의 행복이 바로 향유 두 방울에서 연유했으며, 자기 것이 아닌 어떤 것을 자신이 소유하고 있다는 사실을 기억해냈다. 알바는 이유는 알 수 없었지만 마음이 움직이는 대로 행동했다. 마음이 유일한 안내자이기에. 알

---

* 오늘날의 리옹.

바는 기독교인들을 찾아가서 가지고 있던 향유병을 맡겼다.

그후 백 년이라는 시간이 흐르는 동안 향유병은 아주 특별한 상황에서만 열렸고, 매번 향유 두 방울이 사용되었다.

177년 로마 황제 마르쿠스 아우렐리우스의 명령에 따라 루그두눔의 기독교인들이 모두 체포되었다. 포탱 주교는 그라쿠스 플라우티스처럼 감옥에서 매질을 견디다 못해 사망하고 말았다. 그리고 여자 노예 블랑딘은 알바가 사랑을 알게 된 바로 그 시대에 고문을 받다 원형 경기장에서 최후를 맞이했다.

향유병은 그렇게 시간의 심연 속으로 사라져버린 듯했다.

야만인의 시대

451년

작은 늑대

'클레망 수사님이 나한테 원하시는 게 뭘까?' 울필라는 생각
해보았다. 클레망 수사가 서기로 일하는 울필라의 업무를 중단시
키는 경우는 매우 드물었다. 하지만 울필라는 휴식 시간이 생겨
여러 가지 생각을 할 수 있게 된 게 너무나 기뻤다. 수도원 텃밭을
지나던 울필라는 클레망 수사가 한 여인…… 그렇다! 한 젊은 여
인과 이야기를 나누고 있는 광경을 보게 되었다.

가까이 다가가던 울필라는 그 여인이 울면서 가끔씩 손으로 얼
굴을 가리는 것을 보았다. 안타까운 일이었다. 그러기엔 너무 아
름다웠기 때문이다. 클레망 수사는 심각하지만 부드러운 태도로,
마치 훈계하듯 그녀에게 말하고 있었다. 울음을 그치지 못하던
여인은 울필라가 곁으로 다가오자 손등으로 눈물을 훔쳤다. 그러

고는 마치 관찰하듯 울필라를 머리부터 발끝까지 훑어보았다. 건장한 몸에 조각해놓은 듯한 턱선과 맑게 빛나는 푸른 눈을 가진 울필라는 너무나 매력적이었다. 여인은 울필라에게 유혹의 미소를 보냈지만 그는 아무것도 이해하지 못했다. 하지만 본능적으로 웃음으로 화답했다. 두 젊은 남녀가 교감을 나누는 모습에 클레망 수사는 깜짝 놀라 울필라에게 예배당에 가서 기다리라고 일렀다. 울필라는 유순했다. 그는 마지막으로 한 번 더 여인을 향해 미소지은 후 멀어져갔다.

울필라는 예배당을 좋아했다. 그래서 종종 기도하거나 잠을 청하기 위해 그늘이 진 예배당에 오곤 했다. 문이 열리고 햇살 속으로 클레망 수사가 들어섰다. 울필라는 아까 그 여인의 이름을 물어봐야겠다고 생각했다. 하지만 근심으로 가득 찬 클레망 수사의 얼굴을 보자 차마 물어볼 엄두가 나지 않았다. 울필라는 고개를 숙이고 조수사(助修士)* 옷소매 안으로 손을 넣었다.

"울필라, 네게 심각하게 할 이야기가 있다. 항유가 딱딱한 고체로 변했다는 사실을 알고 있느냐?"

클레망 수사가 물었다.

---

* 수도원에서 자랐지만 수도사는 아닌 소년.

울필라는 알고 있었다. 그 소식은 이미 메티스* 시에 사는 기독교인들 사이에 널리 퍼져 있었다. 클레망 수사가 지키고 있는 기적의 향유는 대재앙이 다가오면 고체로 변했다. 어떤 위험이 메티스를 위협하고 있는 것이다. 전염병, 화재 혹은 야만족의 침입. 클레망 수사는 은으로 도금한 작은 함의 뚜껑을 열고 안에 든 기적의 향유병을 꺼냈다. 붉은 향유는 마치 핏덩이처럼 단단하게 굳어 있었다.

클레망 수사는 성유물과 젊은 울필라를 차례로 바라보았다. 클레망 수사는 신중한 사람이라 아직 결정을 내리지 못하고 있었다. 물론 그는 고아인 울필라를 사랑했지만 그다지 높이 평가하지는 않았다.

"울필라, 우리 생명이 위험하다. 하지만 그건 중요하지 않아. 우리가 사는 이 도시가 위협받고 있으니 향유를 여기에서 멀리 떨어진 곳으로 가져가야 한다. 네게 이 성유물의 역사를 기록하게 한 적이 있는데, 기억하느냐?"

울필라는 가볍게 한숨을 내쉬었다. 얼마 전부터 고된 서기 일을 배우기 시작한 울필라는 내내 책상 앞에 앉아 있자니 곱사등이 하나 생기는 듯한 기분이었다.

---

* 오늘날의 메츠.

"이 향유가 어디서 유래한 것인지 아느냐?"

클레망 수사는 향유병을 귀중한 성궤에 다시 넣으며 물었다.

"막달라 마리아가 예수님의 발에 부으려고 했던 향유입니다. 하지만 예수님께서는 당신이 죽은 뒤 장사지낼 때 사용하게 그냥 보관해두라고 마리아에게 당부하셨습니다. 그리고 막달라 마리아가 향유를 사용하려고 했을 때는 예수님께서 이미 부활하신 후였습니다."

울필라는 자기가 무슨 말을 하는지 생각도 하지 않고 되는대로 말하는 사람처럼 멍한 목소리로 대답했다. 그러고는 갑자기 이렇게 물었다.

"클레망 수사님, 신약성서의 복음서*를 보면 막달라 마리아는 죄인으로 나옵니다. 하지만 사람들은 그녀가 어떤 악행을 저질렀는지 모르는 것 같습니다. 수사님께서는 아십니까?"

울필라의 교육을 맡고 있는 클레망 수사는 당황하여 그를 바라보았다. 이 아이를 순진한 소년으로 그냥 내버려둬야 할까?

"울필라, 지금 네가 알아야 할 단 한 가지 사실은 막달라 마리아는, 음…… 죄악 속에서 살았지만 성자처럼 죽었다는 것이다."

클레망 수사는 목소리에 힘을 주어 말을 이었다.

---

* 신약성서 가운데 예수의 가르침과 생애를 기록한 마태, 마가, 누가, 요한의 네 책.

"내 말 잘 들어라! 어떤 위험이 우리를 위협하고 있다. 나는 그게 어떤 위험인지 모른다. 하지만 가장 큰 위험은 야만인들이다."

머리를 자르는 반달 족이나 부르군트 족 거인들? 교회를 약탈하는 알라만 족이나 여인들을 강간하는 프랑크 족?

"야만인들!"

울필라가 메아리처럼 따라했다.

울필라는 눈을 반짝거리며 몸을 일으키고는 무기라도 찾듯이 허리춤으로 손을 가져갔다. 클레망 수사는 제단에 올려져 있던 향유가 든 성궤를 집어들었다.

"이것을 마르쿠스 카시아니우스에게 전해야 한다."

울필라는 기쁨에 겨웠다. 천천히 걸어가면 메티스에서 카시아니우스의 영지까지는 이틀이 걸릴 것이다. 갔다가 다시 돌아오려면 적어도 나흘은 걸릴 테고, 그 동안 책상과 잉크병과는 안녕이다!

"하지만 도중에 누가 공격해오면 어떻게 제 자신을 지키죠?"

당연한 질문이었다. 클레망 수사는 수사복 주름 사이에 숨길 수 있는 단검을 하나 가져왔다. 울필라는 허리띠 아래에 단검을 차기 전에 검을 살펴보고는 오른쪽으로 한 번, 왼쪽으로 한 번 허공을 향해 휘둘렀다. 그의 입술에 잠깐 미소가 스쳐갔다. 클레망 수사는 크게 놀라 그 모습을 바라보았다. 사제들이 울필라를 온화하게 키우기는 했지만 그에게는 전사의 본능이 여전히 남아 있었던 것이다.

클레망 수사는 울필라에게 단단히 일렀다.

"도중에 지체해서는 안 되며 그 누구와도 말을 해서는 안 된다. 마르쿠스 카시아니우스의 집에 당도하면 내가 보내서 왔다고 말하고 성유물을 안전한 곳에 보관하도록 해야 한다. 그리고 그곳에서 주님께 기도해라. 카시아니우스의 집에 거하는 자들은 죄악 속에 살고 있다."

"예? 막달라 마리아처럼요?"

울필라가 놀라서 물었다.

클레망 수사는 대답할 말을 찾지 못했다. 대신 예배당 문을 활짝 열었다.

"어서 가라. 걱정하지 마라. 내가 너를 위해 기도할 것이다."

울필라는 두건이 달린 망토 아래로 배낭을 멨다. 그는 짊어진 짐이 시선을 끄는 것이 싫어 차라리 사람들이 자기를 꼽추로 생각해주길 바랐다. 성궤는 무거웠다. 허기를 채워줄 커다란 빵덩이보다 훨씬 더 무거웠다.

메티스를 떠난 울필라는 머지않아 공동묘지 앞을 지나게 되었다. 그는 가난한 사람들의 유골 단지가 묻힌 초라한 묘와 부자들이 묻힌 호화로운 묘를 곁눈으로 슬쩍 보았다. 울필라는 이곳을 좋아하지 않았다. 그는 성호를 긋고 양손으로 수사복을 들어올리고는 뛰기 시작했다. 사람들이 많이 지나다니는 큰길을 피해 초원과 숲 사이에 난 옆길을 택했다. 그가 뛴 것은 두려워서가 아니라 기뻤기 때문이었다. 단검이 허리춤에서 덜렁거렸다. 수도원 주변 들판에서 공사가 한창 진행중이라 가는 길이 고되었지만 앞으로 한 시간은 더 뛰어갈 작정이었다. 울필라는 해방감에 도취되어 있었다.

숨이 차오르자 울필라는 뛰는 속도를 늦추었다. 하지만 부드러운 대지 위에서 그의 발걸음은 여전히 춤을 추었다. 그러다 갑자기 제자리에 멈추어 섰다. 길 옆에서 뱀 한 마리가 대가리를 곧추세운 채 작은 눈으로 그를 경계하며 쳐다보고 있었던 것이다. 울필라는 곁에 있는 개암나무 가지 하나를 살짝 부러뜨렸다. 휙, 공기를 가르는 소리와 함께 검이 허공에 뜬 뱀을 내리쳤다. 뱀은 두 동강이 난 채 바닥에 떨어졌다. 기쁨의 미소가 울필라의 입가에 번졌다. 죽음은 죽이는 자에게는 좋은 것이다. 울필라는 말하고 싶었다. '사랑스런 작은 늑대.' 스스로는 그 사실을 의식하지 못했지만 울필라는 그에게 딱 맞는 이름이었다. 울필라는 샌들 뒤축으로 뱀을 차버리고는 가던 길을 재촉했다.

해가 저물 무렵 울필라는 허기를 느꼈다. 곁에 배낭을 내려놓고 먼저 성궤를 꺼낸 후 빵을 꺼냈다. 빵덩이를 입으로 베어물면서 그는 함을 바라보았다. 정말 아름다운 함이었다. 함에는 머리를 헝클어뜨리고 예수님의 발치에 엎드려 울고 있는 막달라 마리아가 새겨져 있었다. 수도원 마당에서 울고 있던 여인의 모습이 다시 떠올랐다. 울필라는 그 여인이 무엇 때문에 그렇게 슬퍼했는지 알고 싶었다. 아, 여인의 이름은 무엇일까? 그는 가벼운 한숨을 내쉬었다.

갑자기 향유병이 보고 싶어졌다. 그를 막을 수 있는 사람은 지금 아무도 없었다. 그래서 그는 함 뚜껑을 열고 오른손을 옷에 문질러 잘 닦은 후 성유물을 집어들었다. 목이 긴 병은 손 안에 딱 들어왔다. 병은 반투명이었다. 울필라는 병을 만지다가 놀라서 눈을 찡그리고는 저무는 태양빛에 병을 비추어보았다. 아니, 그가 틀린 게 아니었다. 붉은색 향유는 흔들면 꾸르륵꾸르륵 소리를 내는 기름 같은 액체가 되어 있었다. 병의 사분의 삼만 차 있는 걸로 봐서 이미 누가 사용한 적이 있는 것 같았다.

"너도 봤냐? 제기랄, 예수쟁이 꼬마 수도사가 한 명 있군!"

누군가 커다란 목소리로 말했다.

울필라는 화들짝 놀랐다. 넋을 잃고 향유병을 바라보다 그만 두 남자가 다가오는 것을 몰랐던 것이다. 그들은 진흙탕 속에 엉켜 있는 덤불숲에서 막 나오고 있었다. 도둑이나 살인자가 된 갈리아 농민 봉기군의 잔당이거나 땅을 잃은 농민 혹은 도망친 노예들이 틀림없었다.

"저것 봐, 황금이야!"

저물어가는 태양빛을 받아 반짝이는 함을 보고 또다른 한 사람이 말했다.

울필라는 죽은 자들은 두려워했지만 살아 있는 사람은 두려워하지 않았다. 전쟁 때 지르는 고함 소리가 뱃속 깊은 곳에서 목구멍을 지나 크게 벌린 입으로 터져나왔다. 온순한 아이가 험상궂은 괴물로 변하는 순간이었다. 두 남자는 거의 공포에 질려 뒤로 물러섰다. 울필라가 검을 휘두른 것이다!

"제기랄, 예수……"

농민 봉기군 잔당 한 사람에겐 내뱉던 욕설을 끝맺을 시간조차 없었다. 그의 두개골은 뱀의 두개골보다 더 단단할 게 없었다. 울필라는 칼끝에서 그것을 느낄 수 있었다. 칼을 맞고 그대로 쓰러진 사내의 머리에서 샘물처럼 피가 솟구쳤다. 다른 한 명은 공포에 휩싸여 이미 숲속으로 도망치고 없었다.

"자, 됐어."

흥분이 채 가시지 않은 울필라가 말했다.

그는 풀을 뜯어 단검을 닦아내고는 피를 철철 흘리며 땅바닥에 얼굴을 박고 쓰러진 사내를 바라보았다.

"자, 됐어."

울필라는 되풀이해 말했다.

그는 조심스럽게 향유병을 궤에 담은 다음 배낭 안에 집어넣었다. 도망친 다른 한 사람이 돌아오기 전에 서둘러 자리를 떠나야 했다.

밤이 되자 울필라는 숲으로 깊이 들어갔다. 그리고 길에서 멀리 떨어졌다 싶은 풀섶에 웅크리고 앉았다. 빵조각을 조금 먹고 기도를 드린 후 막달라 마리아와 수도원 마당에서 울고 있던 여인을 생각했다. 여인이 운 이유를 정말 알고 싶었다. 그는 성호를 긋고 잠을 청했다. 그리고 꿈을 꾸었다. 꿈속에서 그가 향유병 마개를 열자 병 안에 든 액체가 그의 손에 퍼져 땅에까지 흘렀다. 그것은 진한 붉은색의 뜨거운 피였다.

"클레망 수사님!"

반쯤 잠이 든 채로 울필라는 클레망 수사의 이름을 불렀다. 그리고 공포와 오한에 떨면서 잠이 깼다. 그는 일어나 앉아 주변에서 밤이 하얗게 물러가는 것을 지켜보았다. 꿈 때문에 마음이 어지러웠다. 병 안의 향유는 위험은 저기 메티스에 여전히 남아 있다는 듯 액체로 변해 있었다. 울필라는 자신에게 하늘과 땅이요, 아버지이자 어머니인 클레망 수사에게 최대한 빨리 돌아가겠노라 다짐했다.

무슨 일인가 일어나고 있다

기원 후 451년 성(聖)주간을 맞이한 클레망 수사는 십자가에 매달려 돌아가신 예수 그리스도를 생각했다. 하지만 문득문득 울필라 생각이 났다. 울필라가 카시아니우스의 집에 무사히 도착했을까? 클레망 수사는 양심의 가책을 느껴 기도를 계속할 수 없었다. 성유물을 구하려고 울필라의 목숨을 위태롭게 한 것은 아닐까?

"네가 잘했도다."

예배당의 정적 속으로 음성이 들렸다.

클레망 수사는 놀라 뒤를 돌아보았다.

"아무도 없는데."

그는 혼자 중얼거렸다.

잠깐 졸다 꿈을 꾼 건지도 모른다. 이처럼 이른 새벽에는 예배당이 늘 비어 있으니까.

메티스의 거리도 텅 비어 있었다. 오직 몇몇 병사들만이 도시 성벽 위에서 무거운 창을 짚고 감시하고 있을 뿐이었다. 갑자기 질주하는 말발굽 소리가 비아 아그리파에 울려 퍼졌다.

"멈추어라! 거기 가는 게 누구냐?"

바람에 망토자락을 휘날리며 말을 달려온 사람은 전령사였다. 불행을 배달하는 메신저. 나쁜 소식은 알고 싶어하지 않는 법이기에 그날 아침 메티스의 주민들은 모두 늦게까지 잠에서 깨어나지 않았다.

"무슨 일이 일어나고 있는 것 같은데."

공동 샘터에서 한 남자 노예가 손잡이가 달린 단지에 물을 채우면서 말했다.

"대체 무슨 일이지?"

한 하녀가 물었다.

남자 노예도 무슨 일인지 모르기는 마찬가지였다. 풀이 든 광주리를 어깨에 짊어진 행상이 한마디 덧붙였다.

"저쪽이야."

그는 머리를 쳐들어 서쪽을 가리키며 불행을 멀리, 르미시스[*] 방향으로 밀어보냈다. 그러곤 각자 자기 일을 계속했다.

길거리에 활기가 넘치기 시작했다. 금은 세공품을 파는 상인 펠릭스가 불룩 나온 배 위에 양손을 올리고는 천천히 걸어가고 있었다. 이웃인 도공은 이미 녹로 앞에 앉아 있었다. 두 사람은 서로 인사를 나눴다.

"자네, 뭐 알고 있는 거 있나?"

도공이 물었다.

"아무것도. 만약 무슨 일이 있는 서라면 내가 모를 리 없는데."

도시의 주요 인사인 금은 세공품 상인이 대답했다.

하지만 골목을 돌아서자 그는 발걸음을 재촉했다. 들판에는 그의 할아버지 때부터 사용해온 비밀 장소가 있었다. 그는 가지고 있는 금을 모두 그곳에 숨겨둘 작정이었다. 신중해서 나쁠 건 없었다.

소문은 바람이 잔뜩 들어간 가죽부대처럼 부풀려져 온 도시에 퍼져나갔다. 사람들은 막달라 마리아의 향유에 대하여 이야기했다. 향유병이 없어졌다는 소리가 들렸다. 사람들은 아침에 도착한 기병에 대해서도 이야기했다. 그가 부상을 당했다는 소리도 있었다.

"길은 안전하지 않아. 농민 봉기군 잔당들이 기병을 습격했다

---

* 오늘날의 랭스.

니, 그것만 봐도 알 수 있지.”

금은 세공품 상인 펠릭스가 술통 제조공에게 말했다.

술통 제조공은 맥주 상인에게 그 말을 전했다. 한편 펠릭스는 그새 금을 자루 두 개에 나누어 담았다. 그러고는 부인과 노모에게조차 알리지 않고 조용히 도시를 빠져나갔다.

시장이 선 광장 회랑에서는 여느 때와 다름없이 과일과 꽃을 팔고 있었다. 온천 입구에서는 여자들이 문이 열리기를 기다리며 수다를 떠는 중이었다. 한 늙은 여인의 목소리에 다른 사람들의 목소리가 파묻혔다.

“이 모든 일이 내가 르미시스에 살던 때를 떠올리게 하는군. 그땐 나도 젊었지. 그러니까 그때가 적어도 한……”

“적어도 백 년은 됐겠죠.”

한 젊은 여인이 웃으며 끼어들었다.

수도원 마당에서 울고 있던 바로 그 여인이었다. 그러자 사람들은 “이런 창녀!” “병사들한테 몸이나 파는 주제에……” 하며 욕설을 퍼부어댔다. 그녀는 그냥 어깨를 으쓱했다. 그런 멸시와 냉대에 이미 익숙해 있었기 때문이다.

늙은 여자가 계속 말을 이었다.

“너무 추워서 돌까지 얼어붙는, 유난히도 추운 겨울이었지. 라인 강이 얼음으로 변했을 정도니까. 그래서 야만인들이 하룻밤 사이에 라인 강 저편에서 건너올 수가 있었어. 그들은 전차를 타고 강을 건넜어. 그리고 르미시스 앞에 당도했지."

모든 사람이 귀기울여 듣기 시작했다. 아이들조차 조용해졌다.

"우리 가족은 모두 선하신 주교님의 보호하에 성당으로 피했어. 니케즈. 그게 그분 이름이야. 그분이 현관 앞으로 나오셨어. 주교님은 야만인들의 대장 앞에 무릎을 꿇으시고는 여자와 아이들을 위해 자비를 구하셨지. 하지만 야만인의 대장은 양날검을 휘둘러 주교님의 목을 베어버렸어."

노파는 아무 거리낌 없이 그 장면을 묘사했다.

"결국 야만인들은 성당에 들어섰어. 그들은 주교의 누이를 살해했지. 배를 가르고 목을 베었어. 강한 자 약한 자 늙은이 병사 할 것 없이 모조리 죽였지. 간혹 여자를 농락하기도 했어."

당시 노파는 일고여덟 살에 불과했다. 비쩍 말라 두려움에 떨던 그녀는 성당의 그늘진 곳에 숨어서 눈을 꼭 감고 두 손으로 귀를 막았다. 죽음은 그녀를 비켜갔다. 병사들에게 몸을 파는 여인은 가슴에 두 손을 얹었다. 웃고 싶은 마음은 싹 사라졌다.

"왜 문을 열어주지 않는 거지?"

그녀가 중얼거렸다.

온천의 문들은 여전히 굳게 닫혀 있었다.

"수도사들은 무슨 일인가 일어나고 있다는 걸 눈치챈 게 틀림
없어. 책을 읽고 하늘의 별들을 살피면서 그 사실을 안 거야."

노파가 말했다.

젊은 여인은 노파를 비웃었다.

"이 늙은이가, 무슨 허튼 소리를 하는 거야!"

갑자기 그녀는 클레망 수사를 만나고 싶어졌다. 적어도 클레망
수사는 병사들에게 몸을 파는 여인들에게 돌을 던지지는 않았다.
수사는 그녀를 '창녀' 라 부르지도 않았다. '마리아' 라고 부를 뿐
이었다. 수도원 마당에서 수사가 마리아에게 말했었다.

"막달라 마리아를 생각해라. 예수님께서 막달라 마리아를 만
나셨을 때 그분도……"

그는 목소리를 낮추고는 속삭였다.

"그분도 너처럼 살고 있었단다."

클레망 수사와 이야기를 하면 항상 울게 되지만, 그래도 좋았
다. 마리아는 수도원을 향해 발걸음을 재촉했다. 그 사실을 스스
로 고백하지는 않았지만 마리아는 푸른 눈의 청년을 다시 만나게
되리라는 희망을 품고 있었다. '울필라'. 마리아는 그의 이름을
기억해두었다.

금은 세공품 상인 펠릭스는 이미 공동묘지를 지나쳤다. 비아

아그리파에는 평상시와 다른 동요가 일었다. 도시에서 멀어져가는 수레들은 하나같이 짐을 가득 싣고 있었다. 사람들은 가능한 한 모든 것을 구하고 싶어했다. 피난을 떠나 성 밖에 다다른 사람들은 지나온 도시 성벽의 높이를 눈으로 가늠해보았다. 지나가는 길에 마주치게 되면 모두 서로 한마디씩 건네었다. "어떤가?" 하지만 아무도 대답을 기대하지는 않았다. 무슨 일인가 일어나고 있있다. 어디에서인가. 그리고 대체 무슨 일이?

금은 세공품 상인 펠릭스는 큰길을 피해 울필라가 지나간 좁은 길을 택했다. 몇 분이 지나자 얼마간은 안심이 되었다. 적어도 그는 자신이 어디로, 왜 가는지 알고 있었다. 숲속의 비밀 장소. 그것은 가족의 비밀이었다. 매번 위험이 닥칠 때마다 할아버지와 아버지는 그들만의 비밀 장소인 나무구멍에 전 재산을 숨기러 갔다. 그리고 위험이 지나가면 숨겨놓은 재산을 다시 찾아왔다. 어렸을 때 아버지는 그를 숲으로 데려가 이렇게 말했다.

"아들아, 여기다. 기억할 수 있겠니?"

펠릭스는 그곳을 또렷이 기억하고 있었다. 말을 빨리 달려 세 시간이면 족히 도착할 수 있는 곳이었다. 4월의 화창한 날씨 덕분에 마음이 가벼워졌다. 그는 콧노래를 부르기 시작했다. 어렸을 때 어머니가 불러주시던 옛날 노래였다. 그는 감동에 젖어 그때를 회상했다. 그리고 임신한 아내를 생각했다. 아무 일도 일어나지 않아 위험에 대한 경고가 잘못된 것이었음이 밝혀지고 나면 모든 것이 예전으로 돌아갈 것이다. 그러면 아이는 태어나자마자 요람에서부터 부를 거머쥐게 될 것이다. 그는 꿈에 젖어 위험이 다가오는 소리를 듣지 못했다. 갑자기 그가 탄 말이 놀라서 앞발을 쳐들었다. 길모퉁이에 갑자기 기병 두 명이 나타난 것이다. 공포감에 휩싸인 펠릭스는 안장 위에서 꼼짝도 할 수 없었다. 그는 거지들에게 위협을 받은 적도 있고, 포도주를 가득 싣고 지나가는 야만인들을 본 적도 있었다. 하지만 이건 그가 알지 못하는 무엇이었다. 무엇인가 아무도 본 적이 없는 것.

배가 처진 조랑말을 탄 훈족* 두 사람이 그를 쳐다보았다. 조랑말과 거의 한몸을 이루고 있어 사람처럼 보이지 않는 두 존재. 다른 세계에서 온 그들의 얼굴에는 아무 표정도 없었다. 두려움, 증오, 놀라움, 잔혹함, 그 어떤 감정도 나타나 있지 않았다. 아무것도. 하지만 펠릭스는 자신의 아들이 유복자로 태어나게 되리라는 사실을 직감했다. 그는 성호를 그었다. 가느다란 채찍이 그의 얼굴 한복판을 내리쳤다. 그는 땅으로 고꾸라졌다. 훈족 기병은 일을 마무리짓기 위해 조랑말에서 내리지도 않았다. 그는 검 끝으

---

* 중앙 아시아의 스텝 지대에 거주하던 유목 기마 민족(옮긴이).

로 황금이 든 자루들을 들어올린 뒤, 금은 세공품 상인을 밟고 지나갔다. 상인의 창자가 터져나오고 피가 철철 흘렀다. 두 기병은 그의 숨이 완전히 끊어졌는지조차 확인하지 않고 그곳에서 멀어져갔다. 그들은 아틸라* 군대의 척후병이었다. 조금 높은 곳에 올라선 그들은 마르쿠스 카시아니우스 저택의 위치를 확인했다. 그들은 다시 기병대와 합류하여 그들을 인도해 갈 것이다. 약탈하고 불을 질러서 군대의 힘인 공포를 만방에 퍼뜨릴 것이다.

하지만 좀처럼 놀라는 법이 없는 이 전사들을 놀라게 할 일이 도중에 기다리고 있었다. 채찍을 든 전사가 깜짝 놀라 소리를 질렀다. 그건 동료보다는 조랑말을 향한 것이었다. 길 옆에 시체 하나가 버려져 있었다. 울필라가 죽인 농민군 잔당의 시체였다. 훈족 한 명이 바닥에 닿을 정도로 몸을 숙여 누더기 자락을 붙잡고 시체를 뒤집었다. 그러자 파리떼가 윙윙 소리를 내며 시체에서 쏟아져나왔다. 두 기병은 서로 쳐다보기만 할 뿐, 말이 없었다. 하지만 그들은 이미 모든 것을 이해하고 있었다. 바닥에 누워 있는 사람을 죽인 자는 실력이 수준급이었다. 손 한번 떨지 않았다. 그

---

* 훈족의 왕(434~453). 5세기 전반 동쪽으로는 카스피 해, 서쪽으로는 라인 강에 이르는 대제국을 건설했다. 기원후 451년 갈리아 지역을 침략했으나, 로마, 고트 족, 프랑크 족의 연합 동맹군에 패하여 서유럽 정복의 꿈을 포기하고 본국으로 돌아간다(옮긴이).

는 정확한 칼솜씨로 정중앙을 내리쳐서 아주 깨끗이 처리했다. 전사들은 조랑말에 몸을 맡기고 달렸다. 그자를 만날 생각을 하니 오히려 기쁨에 들떴다. 그의 목을 베어 구주희(九柱戲)[*]를 할 생각에.

메티스에서는 사람들이 기름, 밀가루, 포도주를 대량으로 비축해놓고 있었다. 취약한 부분이 드러난 남쪽 성벽은 틈을 메워 보강했다. 싸울 수 있는 나이의 모든 남자들에게는 무기가 주어졌다. 수도사들은 성 밖에 있는 성 요한 수도원을 떠나 성 안에 있는 생테티엔 예배당으로 피했다. 클레망 수사는 아름다운 마리아에게 집에 들어가 나오지 말고 기도하며 신께 의지하라고 충고했다. 모든 메티스 시민들이 기도하며 기다리고 있었다.

완만한 지평선 위로 말을 탄 훈족 병사들이 불쑥 나타났다.

---

[*] 아홉 개의 핀을 세워놓고 일정한 거리에서 공을 굴려 쓰러뜨리는 놀이. 현대 볼링의 전신(옮긴이).

살아남은 자가 거의 없었다

다리가 짧고 위보다는 옆으로 더 퍼진 한 남자가 메티스의 성벽 앞에 초조한 모습으로 나타났다. 아틸라는 메티스를 원했다. 하지만 전쟁을 하고 싶지는 않았다. 모든 정복자들이 그렇듯이 그에겐 시간이 별로 없었다. 그는 갈리아 전(全) 지역을 정복하고 싶어했기 때문이다. 그곳의 밀, 여자, 성당의 황금, 궁전 대리석까지 모두 손에 넣어야 했다. 아틸라는 메티스 시와 협상하기 위해 사자를 한 명 보냈다. 그는 메티스 시민들이 무기를 버리고 항복하면 아무도 죽이지 않을 것이며 약탈도 방화도 없을 거라고 약속했다. 그에 대한 대답으로 보초 한 명이 성벽 위에 나타나더니 아틸라가.보낸 사자를 정면에서 투창으로 내리쳤다. 이제 도시 공략은 피할 수 없었다.

훈족들은 메티스를 포위하여 진을 쳤다. 파성추*와 투석기를 준비하는 동안 시간을 보내기 위해 아틸라는 병사들을 성 밖에 풀었다. 병사들은 노예들을 잔혹하게 죽였고 젖먹이들의 목을 졸랐다. 그리고 성 요한 수도원에 불을 질렀다. 아틸라의 군대는 오직 재와 피를 꿈꾸는 유목민 무리, 금발의 게르마니아 야만인, 도중에 만난 농민 봉기군 잔당, 쥐가죽으로 만든 옷을 입은 몽고인들로 이루어져 있었다. 대학살과 전리품 노획의 기쁨을 즐길 기회를 주지 않으면 얼마 동안이나 아틸라가 그들을 통제할 수 있을까?

아틸라는 도시로 통하는 문마다 파성추를 가져다놓으라는 명령을 내렸다.

"마지막 경고다! 항복하라. 그러지 않으면 한 명도 살아남지 못할 것이다!"

또다른 사자가 외쳤다.

포위당한 메티스 시민들은 포병들 위로 끓는 기름을 쏟아붓는 것으로 답을 대신했다. 아틸라는 아직 더 참아야만 했다. 투석기로 공격하면 승산이 있을까? 포탄은 성벽에 아무 타격도 주지 못했다. 성벽은 견고했다. 그렇다면 식량이 바닥나 메티스 시민들이 굶주림에 지쳐 항복할 때까지 기다려야만 할까? 하지만 그들

---

* 중세에 성문이나 성벽을 부수기 위해 사용하던 무기(옮긴이).

은 지하 저장고와 곡식 창고를 가득 채워놓았다.

며칠 후 아틸라 휘하의 장군들은 되레 자신들이 함정에 빠지게 되는 것은 아닐까 걱정이 되기 시작했다. 너무 오래 성벽 아래 진을 치고 있다가는 프랑크 족 무리와 갈리아 군대가 서로 협력하여 침입자인 아틸라를 몰아낼지도 모른다.

"우리는 곧 떠날 것이다."

아틸라는 그때까지 한 번도 느껴보지 못한 굴욕감에 갑작스러운 결정을 내렸다.

훈족은 퇴각하기 전에 말을 타고 모여 마지막 화살을 쏘아댔다. 그들은 메티스 시민들의 야유를 받으며 막 떠나려는 참이었다. 시민들은 도시를 견고하게 지켜냈다. 도시 전체가 자부할 수 있었다. 순찰로에서 키 작은 행상과 도공이 서로 등을 두드리며 승리의 환호성을 질렀다. 병사들에게 몸을 파는 여인과 금은 세공품 상인의 아내도 길에 나와 서로 부둥켜안았다. 자기가 누구인지 잊어버리는 감격의 순간이었다. 살았다, 두 여인 모두 살았다!

그러나 아틸라의 장교들 중 단 한 사람만은 끈질기게 남쪽 성벽을 향해 돌을 계속 던지고 있었다. 바로 거기가 취약 지점이기 때문이었다. 성으로의 진입을 막는 강도 없었고 성벽도 너무 급히 보강되어 있었다. 아틸라가 메티스에서 멀어져가고 온 도시가 기쁨에 들떠 있던 순간, 갑자기 엄청난 굉음이 들려왔다. 남쪽 성벽이 무너진 것이다. 단 한 곳의 상처가 터지듯 틈새가 생기면서 아틸라의 군대 전원이 성 안으로 들어갈 수 있게 되었다.

울필라가 마르쿠스 카시아니우스의 저택에 당도했을 때 집주인과 그의 가족, 친구들은 노예의 시중을 받으며 식탁에 둘러앉아 있었다. 문에 들어서자 꼬치에 끼운 고기구이 냄새가 허기진 울필라를 맞이했다. 커다란 고깃덩어리의 무게에 넓은 식탁의 다리가 휠 정도였다. 가엾은 새끼 새들, 방울새, 밤꾀꼬리가 바삭바삭하게 튀겨져 접시에 가득 담겨 있었고 모젤 산(産) 연어와 송어가 프라이팬에서 막 나와 아직도 지글지글 익고 있는 것이 보였다. 식탁 앞에 꼼짝 않고 서 있던 울필라는 굶주린 늑대와 같은 배고픔을 느꼈고 자신의 임무를 잊어버렸다. 배가 고파 푸른 눈을 번뜩이는 울필라의 모습은 연회를 즐기러 온 사람들의 비웃음을 샀다.

"저자한테 뼈다귀라도 하나 던져주게. 그러지 않으면 우리를 잡아먹을 것 같은데!"

마르쿠스 카시아니우스는 울필라를 보고 그가 성 요한 수도원에서 왔다는 사실을 한눈에 알아보았다. 부유한 저택의 주인 마르쿠스는 이시스*나 미트라**보다 예수를 더 크게 섬기지는 않았다. 하지만 그는 아무도 화나게 하고 싶지 않았다.

"원하는 게 무엇인가?"

그는 아주 점잖게 물었다.

"클레망 수사님이 보내서 왔습니다. 막달라 마리아의 성유물을 안전한 곳에 보관하려고요."

그는 성궤에 든 향유병을 배낭 안에서 꺼내 어린아이와 같은 믿음을 가지고 마르쿠스에게 내밀었다. 마르쿠스는 붉은 액체를 불빛에 비추어보고는 눈살을 찌푸렸다.

"기적의 향유입니다."

확인하듯 살펴보는 것에 다소 기분이 상한 울필라가 말했다.

마르쿠스 카시아니우스의 옆에 있던 사람이 웃기 시작하더니 병을 달라고 했다.

"기적의 향유라! 어디, 기적 좀 느껴볼까……"

그가 경탄하는 척하며 말했다.

그리고 병마개를 열었다. 울필라는 어찌해야 좋을지 몰랐다. 그 사람을 말렸다간 귀중한 성유물이 깨질지도 몰랐다.

"체, 뭐야! 돼지 천 마리를 한군데 몰아넣은 것처럼 역겨운 냄

---

* 고대 이집트, 그리스, 로마 등지에서 숭배하던 최고의 여신. 아내와 어머니의 본보기로 여겨졌다(옮긴이).

** 북유럽 신화에 나오는 광명의 신. 미트라교는 기독교가 유럽에 들어오기 전에 로마에 널리 퍼져 있던 종교이다(옮긴이).

새가 나는데!"

그는 병을 수평으로 눕히며 투덜거렸다.

그 순간 날카로운 함성이 들려왔다. 마르쿠스 카시아니우스는 위험을 예견하며 자리에서 일어섰다.

"농민 봉기군 잔당인가?"

카시아니우스 옆자리에 앉아 있던 사람이 걱정 어린 목소리로 말했다.

농민과 수공업자들이 들판과 작업장에서 함성을 지르며 몰려 나왔다. 부유한 영지가 공격당하는 게 처음 있는 일은 아니었다. 마르쿠스의 저택에서 연회를 즐기던 사람들은 탁자와 의자를 밀치고 일어나 서둘러 무기를 찾았다. 울필라는 바닥에 내팽개쳐진 향유병을 얼른 주웠다. 향유는 단 한 방울도 흐르지 않고 다시 고체로 변해 있었다. 울필라는 침착하게 마개를 다시 닫았다. 그러고는 불 가까이로 가서 장작 패는 데 쓰는 도끼를 가지고 나왔다.

채찍을 들고 조랑말을 탄 훈족 척후병 한 명이 마당에 모습을 나타냈다. 울필라도 그와 같은 야만족이었지만 다른 인종, 다른 나라 출신이었다. 훈족 병사는 울필라가 누구인지 단번에 알아보았다. 그는 울필라를 보자 죽여야겠다는 격한 열망에 사로잡혔다. 그는 화살과 채찍 사이에서 잠시 망설였다. 멀리서 죽일 것인가 아니면 가까이서 죽일 것인가? 망설임은 그에게 치명적이었

다. 프랑크 족 전사의 본능을 되찾은 울필라는 도끼를 흔들어 던
졌다. 공중에서 빙빙 돌던 도끼는 훈족 기병의 미간에 정통으로
꽂혔다. 그는 조랑말에서 떨어졌고, 고맙게도 조랑말은 발굽 아래
에 떨어진 기병을 습성대로 짓밟아 울필라 대신 마무리해주었다.

"자, 됐어."

울필라가 만족하여 말했다.

얼마 후 울필라는 수사복을 벗어 쐐기풀 속에 던져버리고는 반
라인 채로 마르쿠스의 저택에서 멀어져갔다. 순수한 울필라의 가
슴속에는 단 한 가지 생각뿐이었다. '클레망 수사를 구해야 한
다.' 잿빛 연기가 지평선 위로 피어오르고 있었다.

울필라가 메티스 근처에 다다랐을 때는 아틸라가 아직 군대에
철수 명령을 내리기 전이었다. 근육이 불거진 팔에 웃통을 벗은
푸른 눈의 울필라는 아틸라 군대의 게르만인들과 닮았다. 그래서
도시 앞에 진을 치고 있는 그 야만인 무리와 별 어려움 없이 섞일
수 있었다. 그는 신중하게 침묵을 유지하며 상황을 지켜보았다.
메티스의 모든 시민들처럼 그도 며칠만 지나면 적군이 항복하고
물러갈 거라고 생각했다. 남쪽 성벽이 무너지는 순간에는 성 안
사람들뿐만 아니라 훈족들도 당황했다. 하지만 침략자들의 놀라
움은 곧 엄청난 기쁨으로 변했다. 몇 분 후 훈족 병사들은 메티스

전역으로 쳐들어갔다. 성벽, 집, 거리, 침실까지, 도처에 훈족 병사들이 난무했다. 아틸라는 명령을 내리고 약탈을 조직적으로 지휘하고 싶었다. 하지만 자신의 명령 없이도 학살은 저절로 이루어지리라는 사실을 깨닫고 병사들을 더욱 선동할 뿐이었다.

침입자들에게 뜨거운 기름을 붓던 키 작은 행상은 성벽 위에서 죽음을 맞았다. 르미시스에서 가까스로 야만인들의 손길을 피했던 노파는 생테티엔 예배당을 향해 뛰었다. 예전에 성당 구석에 피해 있다가 목숨을 건진 일을 생각했다. 하지만 거리를 질주해 오던 기병이 검을 휘두르자 노파의 목은 거리에 떨어졌다. 아틸라 군대가 공격하던 순간, 금은 세공품 상인의 부인과 병사에게 몸을 파는 여인은 함께 거리에 있었다. 상인 부인의 집은 거기서 단 두 발짝 떨어져 있었다. 그녀는 집으로 달려들어가서는 뒤따라온 마리아의 코앞에서 문을 걸어잠가버렸다. 이제는 모두 자기 자신만 생각할 뿐이었다. 마리아는 병사들을 상대하면 된다. 그게 마리아의 직업 아닌가!

울필라는 적의 무리와 함께 함성을 지르며, 몰려가는 그들의 기세에 휩쓸려 남쪽 성벽의 무너진 틈을 통해 성 안으로 들어갔다. 메티스에서 울필라가 아는 곳은 단 한 곳뿐이었다. 사제들이 가끔 기도드리러 가던 생테티엔 예배당. 만약 클레망 수사가 아직 살아 있다면 그곳으로 피신했을 것이다. 울필라는 어둠이 깔린 도시를 강타한 공포에 다소 불안해하며 단검을 손에 쥐고 앞으로 나아갔다. 그는 한 사내에게 길을 물었다. 사내는 공포 때문에 제정신이 아니었지만 떨면서도 생테티엔으로 가는 길을 일러주었다.

마리아도 그 길을 향해 달려왔다. 그녀는 기진맥진한 상태였다. 집으로는 돌아갈 수 없어서 기병이 지나갈 때마다 벽에 바싹 붙어 숨어가면서 마을을 배회했다. 마리아가 아직까지 살아 있는 건 기적에 가까웠다. 하지만 거대한 체구의 게르만 용병이 그녀를 보고는 추격해왔다. 용병이 그녀를 막 잡으려는 찰나였다. 그녀는 생테티엔 예배당 문에 몸을 던져 매달리며 온 힘을 다해 문을 두드렸다.

"클레망 수사님, 신의 이름으로 이 문을 열어주세요! 수사님······아!"

거구의 게르만 용병이 술에 취해 비틀거리며 마리아를 향해 주먹을 날렸다. 그녀는 두 손을 모아 애원했다.

"살려주세요! 뭐든 원하는 대로 다 할게요."

마리아는 정말 아름다웠다. 만약 용병이 그토록 취하지만 않았더라면 그녀를 포로로 삼았을 것이다. 하지만 술기운과 피에 대한 갈망이 그의 판단력을 흐려놓았다. 그는 누구든 죽이고 싶을 뿐이었다. 그때 울필라가 검을 휘두르며 다가왔다. 그는 어느 곳을 공격해야 하는지 잘 알고 있었다. 두개골의 정중앙을 노려 공격해야 한다. 그에게는 이미 익숙한 일이었다. 하지만 게르만 용병은 울필라가 다가오는 소리를 듣고 돌아섰다. 그는 울필라의 가슴에 검을 꽂았다. 울필라는 얼굴이 창백해지며 쓰러질 뻔했지만, 아직 검을 내리칠 힘이 남아 있었기에 용병의 두개골 한가운데를 정통으로 내리쳤다. 용병이 그 자리에 쓰러져버리자 예배당 문이 열렸다. 클레망 수사였다. 그는 오래 전 어느 날 아침 강보에 싸여 수도원 문 앞에 버려져 있던 울필라를 보듬어안았듯이 다시 그를 양팔에 보듬었다.

"울필라!"

그사이 병사들에게 몸을 파는 여인 마리아가 예배당 안으로 들어왔고, 수도사들은 그녀가 들어오자마자 문을 걸어잠갔다.

"울필라……"

클레망 수사는 울음을 삼키며 울필라를 바닥에 뉘었다.

"성유물을 가져왔습니다."

울필라는 눈을 감으며 말했다.

그의 가슴에서 계속 피가 흘러나왔다. 그 피가 땅에 세례를 주니 언젠가는 그곳이 그의 부족 이름으로 불리게 될 터였다. 마리아는 울필라 옆에 무릎을 꿇고 앉았다. 그녀는 얼마 전 수도원 마당에서 보았던 잘생긴 그를 알아보았다.

"클레망 수사님, 죽지는 않겠죠?"

마리아는 조심스럽게 물었다.

클레망 수사는 마리아의 물음에 대답하지 않고 성궤에서 향유병을 꺼냈다. 향유는 액체로 변해 있었다. 사제는 하느님을 향한 두려움을 이겨내고 병마개를 열었다. 한 방울, 두 방울. 사제는 울필라의 심장 위에 향유를 떨어뜨리고 성호를 그었다. 아름다운 향기가 예배당 안에 퍼졌다. 마개가 열린 향유병에서 나는 꿀과 야생화 향기였다. 부드러운 향 속에 강한 장미향과 재스민 향이 더해졌다. 흐르던 피가 멈추었다. 울필라가 눈을 떴다. 그는 수도원 마당에서 울고 있던 여인이 자기 앞에 무릎을 꿇고 앉아 있는 것을 알아보았다. 그는 가슴속에 담아둔 말을 내뱉었다.

"왜 우는 거지?"

"당신을 사랑하니까."

울필라의 상처가 아물었다.

메티스 시는 완전히 파괴되었다. 훈족의 공격과 방화의 와중에도 온전히 남아 있는 건물은 생테티엔 예배당뿐이었다. 클레망 수사는 그곳에서 마리아와 울필라 사이에서 태어난 많은 아이들에게 세례를 주었다. 수사에겐 죽기 전에 해결하고 싶은 단 한 가지 근심거리가 있었다. 어느 날 밤 기적의 향유를 도둑맞은 것이다. 향유를 훔친 것은 울필라를 공격하려다 도망친 바로 그 사람이었다. 그는 금과 은으로 만들어진 성궤를 좋은 값을 받고 팔았다. 하지만 그가 향유병 마개를 열었을 때는 늪지나 썩은 달걀에서 나는 역겨운 냄새가 풍길 뿐이었다. 그래서 그는 성당 문 앞에서 구걸하던 가난한 여인에게 향유병을 줘버렸다. '향유의 전설'을 기록하던 수도사 서기는 그 가난한 여인이 바로 샹파뉴 지방을 지나던 막달라 마리아였을 것이라고 주장했다.

향유병이 영원히 사라져버린 것처럼 행방이 묘연해진 채 수세기가 지났다.

불가사의의 시대

1092년

루의 마음

루의 아버지는 검술 시합을 하다 죽었다. 그래서 아들 루에게 명성은 남겨주었지만 물려준 재산은 거의 없었다. 루의 어머니가 누구인지는 아무도 몰랐다.

열 살이 되자 루는 간신히 글을 뗐고 새총을 만지며 곡마사 기술을 익혔다. 루는 투시 성(城)과 베즐레 수도원에서 같은 거리만큼 떨어져 있는 숲의 가장자리에서 자랐다. 루의 고향은 울새와 노루의 고향, 숲속 빈터, 작은 숲이었다.

1092년 어느 봄날 아침, 루는 누가 부르는 소리에 이끌려 숲속 깊이 들어갔다. 이끼 긴 오솔길을 걷는 동안 마치 어머니의 손길이 음침해 보이는 가시덤불과 나뭇가지를 길에서 거두어내는 것처럼 느껴졌다. 숲속 빈터에서 원을 그리며 춤을 추고 있는 여자들을 보았을 때도 루는 무섭지 않았다. 손을 잡고 노래를 부르던 여자들은 긴 치마를 살짝 들어올리며 서로 인사했다. 휴식을 취하기 위한, 황금빛과 푸른빛의 텐트들이 세워져 있었다. 하지만 지금은 다들 즐거워하며 땅에 발이 닿을 듯 말 듯 춤을 추고 있다. 눈처럼 하얀 피부에 금발인 여자, 눈동자가 하늘처럼 푸른 갈색 머리의 여자, 가느다란 발목을 내보이고 있는 여자, 사과처럼 예쁘고 조그만 가슴을 감추지 않고 드러낸 여자도 있었다. 루는 풀 속에 엎드려 여자들을 보며 달아오른 양쪽 뺨을 손바닥으로 감쌌다. 여자들이 나를 보았을까? 보지 못했을까? 중요한 것은 바로 그것이었다. 배가 고파진 루는 숲을 떠나 대모의 집으로 돌아왔다.

"숲속에서 요정들을 보았어요."

'아, 이제 이 아이를 성에 보내야 할 때가 되었구나.' 대모는 이렇게 생각했다. '앙게랑 남작께서 애아버지한테 아이를 교육시키겠다고 약속했으니 받아주실 거야.'

투시의 앙게랑 남작이 좋아하는 건 오로지 전쟁뿐이었다. 그는 항상 이웃 귀족들과 싸울거리를 찾았다. 그의 행복은 다른 이의 수확을 망치고 기사들을 쳐부수며 창과 창, 검과 검을 맞부딪치며 싸우는 데 있었다. 허리까지 내려오는 푸른 코트와 붉은 바지를 입은 루가 성에 도착했을 때 영주는 매 사냥을 떠날 채비를 하고 있었다. 그는 어린 루의 존재를 겨우 눈치챘다. 금발에 눈이 큰 루는 전쟁터에 나가 싸우는 용사라기보다는 계집아이같이 생긴 미소년에 가까웠다.

"내 아내에게 가보아라."

앙게랑 남작이 말했다.

하지만 루는 이미 사내아이로서 사냥과 검술 훈련을 받고, 활을 쏘고 창을 던지며 말 타는 법을 배우면서 기사가 되기 위해 준비해야 할 나이였다.

루는 복도를 따라 걷다가 성의 여인들이 모여 있는 방에 들어섰다. 크고 환한 난롯불 덕택에 공기가 훈훈했다. 이웃 어느 성에서 빼앗아온 긴 융단이 얼음처럼 차가운 외풍을 막아주고 있었다. 난로 가까이 앉은 유모가 키트리 부인의 아이에게 젖을 물리고 있었다. 친구, 친척 여자, 하녀들이 방 안에 모여 물레를 돌리거나 천에 수를 놓으며 부산하게 움직이고 있었다. 그러면서 모두 함께 노래했다.

"도랑로, 난 기요를 사랑해요, 내 마음은 온통 그에게 가 있어요!"

루는 감히 인사할 생각도 하지 못했다. 그는 방 안의 부인과 아가씨들을 보면서 숲의 요정들을 떠올리며 가장 아름다운 여인을 찾았다. 가장 아름다운 여인은 화장을 하면서 긴 머리칼을 검은 까마귀 깃털로 장식받고 있었다. 바로 투시 성주의 아내 키트리 부인이었다.

"아!"

한 아가씨가 루를 발견하고는 소리쳤다.

"어머나!"

유모도 젖가슴을 감추며 말했다.

노랫소리가 뚝 그쳤다.

"아름다우신 숙녀분들께 신의 가호가 있기를!"

어린 루가 목소리를 높여 말했다.

요정들을 가까이해서 이런 마음을 가지게 된 걸까? 앙게랑 남작이 마음에 들지 않았던 반면, 즐거운 분위기의 여인들의 모임은 루의 마음을 끌었다. 비단 속옷만 걸친데다 머리가 헝클어져 있는데 예고도 없이 갑자기 방문하여 놀라게 한 것에 대해 키트리 부인은 화를 낼 수도 있었을 것이다.

"신께서 우리를 위해 보내신 수호자를 보세요!"

그녀는 가벼운 농담으로 답했다.

제일 먼저 웃은 것은 루였다. 마치 어린아이의 웃음소리 같았다. 그 소리에 아기가 고개를 돌렸다.

"이 여자아기, 너무 예뻐요!"

루는 아기가 여자라는 것을 알아맞히고는 소리쳤다.

"이보다 더 예쁜 아기는 없을 게다."

유모가 의기양양하게 말했다.

"그 아기 이름은 파클린이란다."

키트리 부인의 머리를 손질하고 있던 하녀가 말했다.

하지만 성주의 아내 키트리 부인의 눈에는 어두운 그림자가 드리워졌다. 아들을 원하는 남편은 파클린에게 눈길 한번 주지 않았던 것이다.

"신께서 내가 곧 아들을 낳게 해주시기를!"

키트리 부인이 한숨을 내쉬었다.

"도랑로, 나는 기요를 사랑해요."

물레를 돌리며 실을 뽑던 한 여인이 노래했다.

그러자 모두 함께 근심을 쫓으며 후렴을 따라 불렀다.

"내 마음은 온통 그에게 가 있어요!"

루는 오 년 후에도 여전히 여인들의 방을 떠나지 않고 그곳에 머물러 있었다. 조금 알고 있던 글자도 새까맣게 잊어버렸고 단검은 들어본 적도 없었다. 하지만 루는 누구 못지않게 사랑 노래를 잘 부를 수 있었다. 그는 키트리 부인의 두 딸 티펜과 파클린을 웃기기 위해 얼굴을 찡그린 채 양팔로 땅을 짚고 걸으면서 원숭이 흉내를 내고, 달걀을 돌리며 재주를 보여주었다.

그사이 앙세링 남작은 자신에게 딸만 낳아준 아내에게서 벗어

날 수 있는 방법이 무엇일까 고심하고 있었다. 키트리 부인이 자신과 결혼하기 위해 사랑의 묘약으로 그에게 마법을 걸었다고 주장할 수도 있을 것이다. 하지만 베즐레 수도원 사제는 마녀를 잡아다가 화형시키는 것을 좋아하지 않았다. 만약 키트리 부인이 그의 기사들 중 한 명과 부정한 일을 저지르면서 자신을 속이고 있는 것처럼 꾸미고 그것을 증명할 수 있다면? 앙게랑 남작은 결투를 신청해 기사를 죽이고 아내는 산 채로 매장할 수 있을 것이다. 그렇다, 생각을 하면 할수록 그것만이 해결책 같았다. 하지만 그러기 위해서는 그런 짓을 했다고 덮어씌울 만한 어리석은 기사가 한 명 있어야만 했다. 사냥에서 돌아오던 어느 날, 루가 그의 눈에 띄었다.

"지금 네가 몇 살이지?"

앙게랑 남작이 루에게 물었다.

"열다섯 살입니다, 주인님."

열다섯 살? 그런데 아직까지 키트리 부인 곁에 시동으로 남아 있단 말인가! 이젠 그 일에 맞지 않는 나이가 아닌가. 맞지 않아. 앙게랑 남작은 그렇게 투덜거리며 멀어져갔다. 루는 자기 자신에게 신경 쓸 생각은 하지 못했다. 그에겐 다른 걱정거리가 있었다. 키트리 부인이 갈수록 쇠약해지는 것이다. 후계자가 될 사내아이를 낳지 못해서 남편이 몹시 화가 나 있다는 것을 부인은 잘 알고 있었다. 앙게랑 남작은 부인에게 점점 더 거칠게 말했고 키트리 부인의 모든 측근들은 앙게랑 남작 앞에 서면 두려움에 몸을 떨었다.

어느 날 아침 낯선 사람 하나가 성문 앞에 나타났다. 보잘것없는 물건들을 팔기 위해 다리품을 팔며 여기저기 떠돌아다니는 먼지투성이 행상이었다. 그는 여인들의 화장에 필요한 물건은 다 가지고 있다고 자랑했다.

"각종 물건이 다 있습니다! 거울, 가는 끈, 머리핀, 땋은 머리, 머리빗, 면도칼, 장미 향유, 제비꽃 향유, 붉은 사이프러스 향유도 있습니다."

여자들은 성벽에 난 구멍으로 밖을 내다보며 그에게 성으로 올라오라고 소리쳤다. 방물장수가 방에 들어서자 방 안을 비추던 해가 슬그머니 모습을 감추었다. 파클린과 티펜이 울어대기 시작했다. 하지만 아무도 거기에 신경 쓰지 않았다. 방물장수가 가져온 물건들을 펼쳐놓았기 때문이다. 여자들이 일제히 입을 열었다.

"어머, 이 예쁜 거울 좀 봐! 이 리본도! 내 머리빗이 부러졌는데……"

방물장수는 부인들이 물건들을 보며 흥분에 들떠 좋아하게 놔두고는 고갯짓으로 신호해 성주의 아내 키트리 부인을 따로 불러냈다. 키트리 부인은 당황하면서도 마음이 끌려 사람들 틈에서 빠져나왔다.

"저는 동방에서 왔습니다. 최고급 향유를 가지고 왔죠."

낯선 상인이 부인에게 말했다.

그는 아주 조심스럽게 천을 풀었다. 그 안에는 손잡이도 없고 받침도 없는 둥글고 작은 향유병이 들어 있었다. 상인은 병에 손을 대고 싶지 않은 것처럼 보였다.

"이게 무엇이냐?"

"팔레스타인 산 향유입니다. 이 값진 감송유 두 방울이면 모든 남자를 당신의 노예로 만들 수 있죠."

키트리 부인은 남편 생각이 났다. 만약 이 향유로 그의 마음을 되돌릴 수만 있다면 딸을 낳든 아들을 낳든 그건 중요하지 않을 것이다.

"얼마를 원하는가?"

부인은 낯선 상인에게 물었다.

"음, 저는 이 물건을 돈을 받고 팔지 않습니다. 그냥 드립니다."

"그냥 준다고?"

키트리 부인은 불안한 눈으로 그를 쳐다보았다. 상인이면서 돈을 받지 않고 물건을 주겠다는 이 자는 대체 누구인가?

"고귀하신 부인이여, 소원을 이루시는 데는 이 향유 두 방울이면 족할 것입니다. 하지만 두 방울을 갖기 위해서는 먼저 병마개를 열어야 하죠. 마음이 깨끗한 자만이 병을 열 수 있습니다. 마음이 깨끗한 자를 찾으세요.”

“멀리서 찾을 것 없을 걸세.”

키트리 부인이 거만하게 말했다.

부인은 자신에 대해 확신하고 있었기 때문에 병을 두 손으로 감싸쥐었다. 기름 같은 붉은 액체가 병에 삼분의 일가량 차 있었다. 그런데 액체가 마치 불 위에 올려놓은 물처럼 끓어오르기 시작했다. 키트리 부인은 무서워서 그만 병을 놓칠 뻔했다. 상인은 민첩한 몸놀림으로 병을 다시 천 안에 싸넣었다. 그리고 키트리 부인의 귀에 대고 속삭였다.

“육체의 열기는 정욕의 불길입니다. 만약 부인께서 이 병을 여신다면 향유는 곧 독이 될 것입니다.”

키트리 부인은 한결같이 정숙한 여인은 아니었다. 투시의 성주 앙게랑 남작과 결혼하기 전에 잘생겼지만 가난한 기사에게 몸을 허락한 적이 있었다. 그러니 부인은 마개를 열 수 없었다. 처음에는 너무 놀라 몸이 떨릴 지경이었다. 하지만 곧 비밀을 드러내주는 이 향유가 재미있는 장난거리가 될 수 있겠다는 데 생각이 미쳤다.

“여러분! 와서 이 멋진 향유병을 보세요. 병을 손으로 잡아봐요. 고결한 여인일수록 병 안의 액체가 더 많이 끓어오른답니다.”

키트리 부인은 방 안에 있는 여지들을 향해 말했다.

모두 그 시험에 응하고 싶어했다. 누가 향유를 가장 많이 끓어오르게 하는지 알고 싶어했다. 키트리 부인은 다른 사람들보다 더 크게 웃었다. 액체가 끓어오르는 게 무슨 의미인지 알고 있는 건 부인 혼자뿐이었으니까. 향유병을 잡은 사람이 연애 경험이 많고 애인이 많을수록 병 안의 액체는 더욱 뜨겁게 끓어오를 것이다.

"숙모님, 숙모님, 한번 잡아보세요!"

키트리 부인이 간청했다.

베르트 부인은 키트리 부인이 어린아이처럼 유치하게 행동하는 것을 보고 눈살을 찌푸렸다. 그녀는 웃음, 장난, 사랑 노래, 푸른 눈의 시동들을 경멸했다. 하지만 키트리 부인은 억지로 향유병을 그녀의 손에 쥐여주었다.

"어머, 숙모님, 정말 놀라워요! 숙모님이 잡으니 거품이 끓어올라 병이 깨질 것만 같아요."

상인은 약간 걱정이 되어 베르트 부인이 가지고 있던 향유병을 도로 가져갔다. 여자들이 다른 오락거리를 찾을 때쯤 상인이 키트리 부인에게 다시 신호를 보냈다.

"아무도 당신의 그 잘난 향유병을 열 수 없겠군."

키트리 부인이 말했다.

그러자 낯선 상인이 설명했다.

"더이상 어린아이가 아니면서 어린아이의 마음을 간직하고 있는 사람을 찾아주십시오. 당신의 젊은 시동은 몇 살이죠?"

"루를 말하는 건가? 열다섯 살이지."

"아직까지 마음이 깨끗한가요?"

그것을 알 수 있는 방법은 단 한 가지밖에 없었다.

"루, 이리로 오너라."

키트리 부인이 명했다.

세 사람은 함께 한쪽으로 물러나 커튼 뒤로 숨었다. 낯선 상인이 마지막으로 다시 한번 향유병을 꺼냈다.

그가 루에게 말했다.

"이걸 잡아보아라. 절대 그냥 놓아버리면 안 된다."

루는 순종했다. 병 안의 액체는 루의 손 안에서 얼음처럼 그대로 남아 있었다. 요정을 사랑하는 것은 사실로 치지 않기 때문이었다.

"완벽하군. 마침내 찾았습니다."

상인이 말했다.

낯선 상인과 키트리 부인 사이에 긴 대화가 오갔다. 아무도 그 대화를 들을 수 없었다. 실제로 상인은 향수 두 방울의 대가로 돈을 요구하지 않았다. 하지만 그가 돈 대신 요구하는 것이 너무 걱정스러운 것이라 키트리 부인은 그 제안을 거절했다.

"다시 한번 생각해보십시오."

상인이 떠나면서 말했다.

"저는 며칠간 베즐레 수도원에 머무를 것입니다. 제 제안을 받아들이시든 거절하시든 간에 트루아에서 온 자케*를 찾아 답을 전해주세요."

"그렇다면 자네는 순례자인가? 아니면 상인인가?"

키트리 부인이 놀라서 물었다.

"둘 다이면 안 됩니까?"

남자는 몸을 숙여 부인에게 인사하며 말했다.

---

* 생 자크 드 콩포스텔을 방문하는 순례자.

강의 요정

트루아에서 온 자케는 사흘 전부터 다른 순례자들과 함께 수도원의 사제관에 묵고 있었다. 그는 미사에 빠지는 적이 없었기 때문에 제오프라 사제는 그를 알아보았다. 사제관에 머문 지 사흘째 되던 날 자케는 막달라 마리아의 무덤에 기도하러 가도 좋다는 제오프라 사제의 허락을 받았다. 지하 깊은 곳에 묻힌 채 잊혀져 있던 석관을 제오프라 사제가 발견했다. 석관에 새겨진 글자들 중 몇 개를 어렴풋이 알아볼 수 있었는데, 하나는 M인 것 같았고 다른 한 글자는 확실히 A였다. 석관에는 한 여인이 한 남자의 발치에 엎드려 있는 장면이 새겨져 있었다. 지하에서 이 석관을 발견한 사제는 갑자기 깨닫게 되었다. '이것은 예수님 발치에 엎드려 울던 죄 많은 여인 막달라 마리아의 관이다.' 사제가 지하에서 그런 생각을 하게 된 것은 베즐레의 성유물을 보기 위해 몰려드는 사람들을 상상해보았기 때문이었다. 순례자들, 재산을 바치려는 부자들, 치료를 받으려는 병자들, 용서를 구하려는 왕자들.

"하지만 엑스 지방에 이미 막달라 마리아의 무덤이 있지 않나요?"

자케는 기도를 드린 후 그 사실을 지적했다.

제오프라 사제는 그를 다시 사제관으로 안내하면서 경계의 눈길을 보냈다.

"우리 무덤과 성유물이 진짜요. 교황께서는 우리 손을 들어주실 것이오."

사제는 차가운 목소리로 말했다.

하지만 교황의 판결이 점점 늦어지고 있어 제오프라 사제도 염려하고 있던 차였다. 사제는 무질서한 수도원을 바로잡는 일이나 지역의 제후들이 사제를 두려워하도록 만드는 일에 어려움을 겪고 있었다! 만일 교황이 그가 거짓말을 했다는 판결을 내린다면 그의 권위는 크게 손상될 것이다.

"그들은 생 장 당젤리에서 세례자 요한의 머리를 찾아냈네! 우리라고 막달라 마리아의 팔이나 다리를 가지지 말란 법이 있나?"

사제는 화를 냈다.

"다 좋습니다. 하지만 막달라 마리아의 향유를 가지게 되면 그

때는 신부님께서 옳다는 것이 확실해질 겁니다."

자케가 말했다.

"메츠 수도원에서 사라진 향유를 말하는 건가?"

사제는 깜짝 놀라 물었다.

그 이야기는 오백 년경으로 거슬러올라가는 매우 오래된 이야기인데다 그 내용도 제대로 전해내려오지 않았다.

"만일 향유가 완전히 사라진 게 아니라면요?"

자케는 슬며시 암시를 주었다.

사제는 너무 놀란 나머지 걸음을 멈췄다.

"그리고 신부님께 제가 향유를 보여드린다면?"

그날 밤 자케가 수도원 면회실에서 사제와 단둘이 만난 것은 바로 그런 연유에서였다. 그는 접어놓은 천을 조심스럽게 펼쳐 신비한 향유가 든 병을 꺼냈다. 제오프라 사제는 가슴이 두근거렸다. 이제까지 한 번도 그런 물건을 본 적이 없었다. 그가 향유병을 잡으려고 손을 뻗자 자케가 가로막았다.

"잠깐 기다리세요! 이 향유병은 불가사의한 힘을 가지고 있습니다. 소경을 눈뜨게 하고 벙어리가 말할 수 있게 하는……"

사제는 조바심이 나 가만히 앉아 기다릴 수가 없었다. 수도원을 위해서 사제에겐 기적이 필요했다.

"하지만 신부님께서 직접 병을 열어서는 안 됩니다. 오직 마음이 깨끗한 자만이 열 수 있습니다."

자케가 경고했다.

제오프라 사제는 아마도 무덤에 대해 거짓말을 조금 보탰을 것이다. 하지만 그는 밤낮으로 기도하고 브누아 성인이 세운 엄격한 규율을 따르는 매우 거룩한 사람이었다. 또한 가난한 자들에게 자비를 베풀었고 수도원을 위해 헌신했다. 그것이 중요했다. 그는 두툼한 손으로 섬세한 모양의 향유병을 잡았다. 바로 그 순간 향유가 끓어오르기 시작했다.

"모든 성자의 이름으로……"

사제가 말을 더듬었다.

"육체의 열기는 정욕의 불길입니다. 만약 신부님께서 이 병을 여신다면 향유는 곧 독이 될 것입니다."

자케는 비웃으며 말했다.

사제는 한결같이 정결한 사람은 아니었다. 젊은 나이에 선술집을 드나들며 어린 창녀들과 정을 통한 적이 있었다. 사제는 몸을 심하게 떨면서 양손에 얼굴을 묻고 오열했다.

"그만 진정하십시오."

자케는 별로 측은해하지도 않으면서 이렇게 말했다.

"수도사들 중에 진정으로 순수한 마음을 가진 사람이 없습니까?"

피에르? 폴? 자크? 에티엔? 셀레스탱? 사제는 한 사람 한 사람 머릿속에 떠올려보았다. 지금은 모두 정결한 사람들이지만, 올바른 길로 나아가도록 그가 가르침을 주었기 때문에 그렇게 된 것이다! 제오프라 사제는 한숨을 내쉬었다. 성녀 마리아의 향유병을 열 자격이 있는 사람은 단 한 명도 없었다. 그리고 슬프게도 사제 자신도 그들보다 나을 게 없었다.

"투시 성에 깨끗한 마음을 가진 이가 한 명 있습니다. 하지만 성주의 부인은 그 사람을 내게 보내려 하지 않았습니다."

자케는 깊은 생각에 잠긴 듯한 목소리로 말했다.

그가 방물장수 차림으로 제안한 거래 때문이었다. 향유 두 방울과 루를 맞바꾸는 거래.

"그 아인 좋은 수도사가 될 수 있을 텐데."

제오프라 사제가 꿈꾸듯이 말했다.

한편 투시 성에서 또다른 한 사람이 루를 생각하고 있었다. 바로 앙게랑 남작이었다.

"숙모님이 보시기에 그 젊은 시동은 어떻습니까?"

그가 베르트 부인에게 물었다.

앙게랑 남작과 키트리 부인의 나이 든 숙모 베르트 부인은 함께 과수원을 산책하는 중이었다. 종종 다른 사람들의 비웃음을 사는 베르트 부인은 남작이 자신의 의견을 묻자 우쭐해졌다. 그녀는 애매한 표정을 지었다. 앙게랑 남작이 무슨 얘기를 듣고 싶어하는지 알 수 없었기 때문이다.

"그 아이가 여자들과 있는 걸 많이 즐기는 것 같지는 않습니까?"

남작이 물었다.

"그런 듯도 싶네."

베르트 부인은 더욱 애매하게 말했다.

"숙모님께서는 오랫동안 그 아이를 알고 지내셨죠."

앙게랑 남작이 말을 이었다.

불쌍한 베르트 부인은 한숨을 내쉬며 고개를 끄덕였다. 마치 자신이 알고 있는 사실이 가슴을 짓누르기라도 하는 것처럼.

"제게 아무것도 숨기지 마세요."

앙게랑 남작은 갑자기 애원하는 투가 되었다.

"아내가 의심스럽습니다. 그녀가 그 가증스런 시동과……"

늙은 베르트 부인은 몸을 떨었다. 그런 일은 생각지도 못했다. 상황이 심각해졌다.

"두 사람이 함께 자주 이야기하지 않나요?"

앙게랑 남작이 물었다.

"그렇다네."

"목소리를 낮추고?"

베르트 부인은 아무 말 하지 않는 것으로 그 사실을 인정했다.

"두 사람이 다른 사람들에게서 떨어져나와 함께 웃곤 하지 않던가요?"

"둘이 함께 트리트랙 놀이*를 즐기지."

부인은 눈살을 찌푸리며 두 사람을 비난했다.

남작은 헛기침을 했다. 이런 어리석은 할망구 같으니!

그는 거의 협박조로 말했다.

"현장을 목격하셨군요. 제게 아무것도 숨기지 말아주십시오! 두 사람은 서로 입술을 맞대고 키스하며 껴안고, 아내가 그 녀석에게 '내 사랑'이라 부르면 그 자식은 아내에게 '나의 여신'이라 말했을 테고……"

베르트 부인은 아무 말도 못 하고 휘둥그레진 눈으로 그를 똑바로 쳐다보았다.

"아, 신이시여, 제게 이런 불행을 주시다니! 내 집에 맞이해 호의를 베풀어준 사내에게 배신을 당하다니."

남작은 자기 이마를 치며 소리쳤다.

---

* 서양 주사위 놀이의 일종.

“사내……”

베르트 부인은 루의 앳된 머리카락을 생각하며 말끝을 흐렸다.

남작은 두 손으로 부인의 가는 손목을 꼭 쥐었다.

“숙모님 덕분에 복수할 수 있게 되었습니다. 제오프라 신부에게 알리겠습니다. 숙모님께서는 이 비열한 자들의 죄에 대한 증인이 되어주셔야 합니다.”

키트리 부인은 날이 갈수록 더욱 우울해졌다. 부인은 자신을 향해 다가오는 위험을 피부로 느꼈다. 밤에 잠자리에 들면 공포의 그림자들이 나타났다 사라지기를 반복했다. 부인은 공포로 거의 반쯤 미쳐 잠이 깨서는 벌떡 일어나 맨발로 딸들의 침실로 달려갔다.

“내 사랑하는 어린 딸들……”

키트리 부인에게 티펜과 파클린은 불행의 근원이었다. 하지만 부인은 딸들을 사랑했다. 그 상인과의 거래를 왜 거절했을까? 향유 두 방울이면 남편의 마음을 얻을 수 있었을 텐데. 성주의 아내 키트리 부인은 자신을 정당화하기 위해 루를 자케에게 팔아도 되는 이유를 찾았다. 결국 루는 몽상가이며 게으른 시동에 불과하지 않은가.

“루, 이 전갈을 베즐레 사제관에 전해라. 거기에 가서 트루아에서 온 자케를 만나고 그가 명하는 것이면 무엇이든 따라야 한다.”

부인이 루에게 말했다.

"예, 부인."

루는 들판을 뛰어갈 생각에 기뻐하며 대답했다.

카트리 부인은 죄책감 때문에 루의 시선을 피했다. 부인이 루에게 건네준 양피지 조각에는 '제 시동을 넘겨드립니다. 제게 약속하신 것을 주세요' 라고 씌어 있었다.

베즐레로 가는 도중 루는 어린 시절을 보낸 곳을 지나게 되었다. 봄이었다. 뻐꾸기들이 나무 여기저기에서 서로 화답하듯 지저귀었고 비탈에는 황수선화가 눈부시게 피어 있었다. 루는 목청을 높여 노래했다.

'조심하세요, 누가 볼지도 모르니! 누가 본다면, 내게 얘기해주세요!'

아르망스 강가에 이르렀을 때 루는 수영을 하고 싶은 생각이 들었다. 버드나무 아래에 앙증맞은 물웅덩이 하나가 있었다. 하지만 둑 위에 선 루는 이미 누군가 자기보다 먼저 와 있다는 것을 알게 됐다. 한 여인이 수영을 하고 있었다. 여자는 하얀 팔로 물장구를 쳤다. 물결 사이로 가끔 둥근 어깨와 가슴이 드러났다. 루는 짓궂게 웃으며 늘어진 버드나무 가지 아래로 몸을 숨겼다. 금발의 여자는 활짝 웃으며 몸을 돌리고 헤엄치다 다시 몸을 돌리면서 수면 위로 보일 듯 말 듯 헤엄쳤다. 누군가 숨어서 자신을 훔쳐보고 있다는 사실을 그녀는 알고 있을까? 중요한 건 바로 그것이었다. 여인은 물가로 다가왔다. 그러더니 갑자기 루를 향해 물세례를 퍼부었다. 루의 바지가 젖었다. 수영하던 여자의 웃음소리가 차가운 폭포수처럼 퍼져나갔다.

"찾았어요, 거기 멋진 분!"

그녀가 소리쳤다.

루는 버드나무 가지를 걷어냈다.

"수영 안 하실래요?"

루는 아무 대답 없이 부드럽게 미소짓고는 코트를 벗었다. 그리고 곧장 물 속으로 뛰어들었다.

"앗, 차가워!"

"이쪽으로 오세요. 제가 몸을 따뜻하게 해드릴게요."

여자는 루를 두 팔로 꼭 껴안고 몸이 반쯤 물에 잠기게 했다. 루는 버둥거리며 몇 번 팔을 휘두르다 여인의 팔에서 빠져나왔다. 그리고 잠수하여 아름다운 그 여인의 발을 잡아당겼다. 두 사람은 그렇게 숨이 차도록 아르망스 강에서 수영하며 놀았다. 루는 강가에 나 있는 풀을 붙들었다.

"이름이 뭐죠?"

루가 여자에게 물었다.

"아르망스."

강의 요정이었다. 그녀는 차가운 입술로 루에게 입을 맞추고는 강물 속 깊은 곳으로 사라져버렸다. 루는 물에서 나와 햇살 아래서 기지개를 켰다. 이내 피로함이 밀려와 몸이 나른해졌다. 루는 드러누워 잠이 들었다. 요정이 다시 와 자기 배낭을 뒤지고 있는 것도 모르고.

수도원 사제관에서 루는 트루아에서 온 자케를 찾았다. 자케는 사제와 함께 면회실에 있었다.

"아니 이런, 마음이 깨끗한 자 아닌가."

소년이 다가오는 것을 보며 자케가 말했다.

제오프라 사제는 루를 주의 깊게 바라보았다.

"키트리 부인의 전갈을 가져왔습니다."

순례자 복장을 하고 있는 그가 지난번에 행상 차림으로 성에 왔던 사람임을 루는 알아보았다.

자케는 양피지를 받아 읽었다. '제 시동을 안 넘겨드립니다. 제게 약속하신 것을 주지 마세요.' 그는 화가 나서 저주의 말을 내뱉었다. 사제는 루의 얼굴을 세심하게 살펴보고 있었다. 이처럼 멍한 웃음을 짓고 있는 평범한 젊은이가 마음이 깨끗한 자란 말인가?

"이 아이가 향유병을 들고 있는 것을 보고 싶소."

사제가 자케에게 말했다.

루는 그들이 왜 자기에게 항유병을 손에 들라고 하는지 알지 못했지만, 순순히 따랐다. 항유병 속의 액체는 처음과 마찬가지로 얼음처럼 굳은 그대로였다. 요정을 껴안는 것은 사실로 치지 않기 때문이었다. 사제는 '만약 이 아이를 수도사로 만들면 내가 명령할 때마다 병을 열어줄 텐데' 하고 생각했다. 그리고 사제는 중풍병자가 일어나 걷고, 소경이 눈을 뜨는 광경을 상상했다. 자케는 항유 단 두 방울로 그런 기적을 일으킬 수 있다고 말했다. 기적을 체험한 모든 사람들이 전세계로 나아가 막달라 마리아의 진짜 무덤은 베즐레에 있다고 전할 것이다.

한편 자케는 이 시동을 다시 만나 선물과 좋은 말로 구슬려 자신을 위해 일하도록 만들겠노라 다짐했다. 그리고 일단 데려오면 죄수처럼 곁에 묶어두리라 생각했다. 열다섯 살 소년의 깨끗한 마음은 그리 오래가지 않을 것이기 때문이다. 만약 그 마음이 계속 유지된다면 그는 세상에서 가장 힘있는 마법사가 될 것이고, 세기를 거쳐 그의 이름이 전해질 것이다.

여인들과 향유는 어떻게 되었나?

루는 아르망스 강가로 돌아와 버드나무 가까이에 앉아서 물에 동그라미 모양의 물결을 만들었다. 하지만 요정은 다시 나타나지 않았다. 루가 투시 성에 당도하여 안으로 들어가자 무장한 사람 두 명이 루를 붙잡아 지하감옥 독방으로 데려갔다. 아무런 설명 없이 붙잡혀오는 불행한 사람들을 본 적이 있는 루는 저항하거나 소란을 피워봤자 매만 맞을 뿐이라는 것을 잘 알고 있었다. 자신은 아무 잘못도 없으니 키트리 부인이 꺼내줄 거라고 믿었다. 하지만 불빛 없는 감옥 안 한쪽 벽에 사슬로 묶이고 나니, 눈물이 절로 솟구쳐올랐다. 무덤 속처럼 적막하던 그곳에서 갑자기 탄식 소리가 들려왔다. 연민이 그의 영혼을 사로잡았다. 여인의 울음 소리였다. 루는 자신의 고통은 잊어버리고 불행한 그 여인이 혼자 버려진 것처럼 느끼지 않도록 온 힘을 다해 노래를 부르기 시작했다.

'도랑로, 나는 기요를 사랑해요, 내 마음은 온통 그에게 가 있어요!'

3절을 부를 때 울음소리가 뚝 그쳤다. 벽면 반대편에서 키트리 부인이 자신의 시동 루의 노랫소리를 듣고 있었다.

앙게랑 남작은 두 '죄인'을 지하감옥 독방에 집어넣은 후 말에 안장을 얹게 하고는 베즐레 수도원을 향해 떠났다. 투시 성의 앙게랑 남작은 자신의 영지 안에서는 최고의 지배자이므로 직접 자기 아내를 재판할 수도 있었다. 하지만 키트리 부인의 막강한 형제들이 두려웠다. 그래도 법에 따라 판결을 내리면 아내의 형제들도 복수할 생각은 하지 못할 것이다.

제오프라 사제는 앙게랑 남작과 사이가 좋지 않았다. 사제는 남작이 농민들을 학대하고 전쟁을 일삼는 것을 참을 수 없었다. 사제는 앙게랑 남작이 왔다는 말을 듣고 중얼거렸다.

"신앙심 없는 이 자가 대체 내게 뭘 원하는 거지?"

백 보가량 걸어 사원 면회실로 들어온 남작은 제오프라 사제를 보자 그를 향해 달려갔다.

"벌받아 마땅한 이가 있어서 이렇게 찾아왔습니다!"

"형제여, 신의 가호가 있을 것입니다."

"내 명예가 더럽혀졌습니다! 아내가 저를 배신했어요!"

남작은 소리쳤다.

거짓말을 자꾸 하다보니 그는 자신이 꾸며낸 일이 실제로 일어난 일이라고 믿게 되었다. 남작은 분노로 말을 더듬기까지 하며 아내 키트리 부인은 산 채로 매장하고 정부(情夫)는 교수형에 처해달라고 요구했다.

"키트리 부인은 주님을 믿는 신자입니다."

사제는 경건한 목소리로 말했다.

사제는 남작을 진정시키려고 애쓰면서 깊이 생각했다. 이런 짐승 같은 인간과 결혼했으니 부인이 다른 사람에게 마음을 줄 수도 있었을 것이다. 사실, 그건 죄악이다. 참으로 큰 죄악이다. 하지만 예수님께서는 막달라 마리아를 용서해주셨다. 그렇지만 앙게랑 남작이라면 용서하지 않을 것이 분명하다.

"산 채로 묻어버려야 하고말고요! 그 여자의 딸들은 쫓아버리고…… 그리고……"

사제는 언성을 높여보기로 했다.

"그런데 대체 누가 부인을 고발했습니까?"

"그 사람의 숙모 베르트 부인입니다. 덕망 있는 미망인이죠. 베르트 부인이 두 사람이 함께 있는 것을 보았답니다. 성경에 손을 없고 맹세할 수 있다고 했습니다."

제오프라 사제는 당황했다. 그는 베르트 부인을 알고 있었다. 조금 우둔하기는 하지만 흠잡을 데 없는 여자였다.

"키트리 부인이 죄를 자백했습니까?"

사제는 계속 물었다.

투시의 성주 앙게랑은 사납게 웃어댔다.

"자백이 필요하단 말입니까? 나는 신의 심판을 구하려는 것입니다."

사제는 키트리 부인의 손을 불로 지져야 한다는 생각에 두려워서 몸을 움츠렸다. 하지만 거부할 수 있을까?

"내일 성으로 가겠습니다."

사제는 체념하며 말했다.

남작이 너무도 확신에 차 있어서, 사제는 남작 부인이 죄가 있다고 믿게 되었다. 하지만 부인이 목숨만은 구할 수 있기를 바랐다. 그러나 그녀와 정을 통한 기사는 교수형을 당할 게 확실했다. 앙게랑 남작이 떠나려는 순간 사제는 별 생각 없이 물었다.

"그 기사의 이름이 뭐죠?"

"그게…… 음…… 시동입니다."

"시동?"

사제는 깜짝 놀랐다.

"그 녀석의 방탕함과 셀 수 없을 정도로 많은 악행을 이미 확인
했습니다!"

"아, 그래요? 이름을 얘기하지 않으신 것 같은데……"

"루입니다."

사제는 하마터면 '마음이 깨끗한 자?'라고 소리지를 뻔했다.
하지만 그는 간신히 참고 다시 말했다.

"내일 가겠습니다."

다음날, 성의 안뜰에는 부인 아가씨 기사 시종 하인 병사 등 온
갖 사람들이 몰려들어 그곳에 벌어지는 일을 구경하고 있었다.
맨 앞줄에는 베르트 부인이 한 손을 성경에 올린 채 서 있었다. 그
녀는 죄인들에 대한 비난을 거두지 않았다. 모든 시선이 키트리
부인을 향해 있었다. 아름다운 부인의 얼굴은 눈물로 얼룩져 있
었다. 그녀의 수갑이 풀어졌다. 옆에서는 대장간 견습공이 화로
의 불길을 돋우기 위해 풀무질을 하고 있었다. 대장장이가 쇠막
대기 하나를 불에 달구기 시작했다. 쇠막대기가 새빨갛게 변하며
뜨겁게 달아오르자, 그는 집게 끝으로 막대기를 집어 뜰로 가져
왔다. 제오프라 사제는 키트리 부인에게 다가가 귀에 대고 속삭
였다.

"키트리 부인, 시험을 이기십시오. 우리 주 예수 그리스도께서

당하신 고통을 생각하십시오."

키트리 부인은 간신히 그 말을 알아들었다. 세상과 자신 사이에 장막이 드리워져 현실과는 완전히 차단된 것만 같았다. 그녀는 더이상 존재하지 않는 사람이었다. 대장장이가 부인을 향해 붉게 달궈진 쇠막대기를 내밀었다. 사제는 부인이 막대기를 잡도록 이끌어야만 했다. 참을 수 없는 고통이 심장을 파고들어와 결국 부인은 기절하고 말았다. 하녀들은 부인이 의식을 찾도록 애를 썼고, 그 동안 사제는 불에 덴 부인의 손을 작은 가죽 주머니에 넣고 끈으로 묶었다. 사제는 부인 손바닥의 피부가 검게 변하여 부풀어오르는 것을 보았다. 사흘 뒤 사제는 신의 심판을 읽기 위해 가죽 주머니를 벗길 것이다. 만약 피부가 깨끗하면 키트리 부인의 결백이 증명될 것이고, 그 반대라면 산 채로 매장당할 것이다.

병사들은 키트리 부인을 원래 거처하던 곳으로 데려갔다. 사제는 최종 판결을 받을 때까지는 부인에게 좋은 대우를 해주겠다는 약조를 받아냈다. 하지만 키트리 부인의 고통은 상상할 수 없을 정도였다. 화상입은 부위가 진물이 나고 곪기 시작했다. 살점이 떨어져나간 피부는 가죽 주머니에 달라붙었다. 고통이 뜨거운 불의 강처럼 혈관을 타고 흐르며 손끝에서 심장까지 파고들었다.

"죽고 싶어, 죽고 싶어."

키트리 부인은 울부짖었다.

심판의 날, 키트리 부인은 미사를 드리도록 성의 예배당으로 인도되었다. 제오프라 사제는 수도사 한 명과 함께 부인을 기다리고 있었다. 키트리 부인을 데려온 감시병들은 예배당에서 나간 다음 루를 들여보냈다. 감시병들은 모두 남작을 증오했기에 약간의 돈만 주면 협조를 얻어낼 수 있었다. 지난 며칠을 지하감옥의 어둠 속에서 지낸 루는 갑자기 빛을 보자 고통스러워하며 눈을 깜박였다. 하지만 제오프라 사제 곁에 있는 수도사가 두건을 벗었을 때, 그가 트루아에서 온 자케라는 것을 단번에 알아보았다.

"서두릅시다. 시간이 별로 없습니다."

사제가 가죽 주머니의 끈을 풀었다. 부인의 손을 빼내기 위해서는 장갑을 벗기듯 주머니를 뒤집어 당겨야 했다. 상처 위로 피가 흐르기 시작했다.

"아, 차라리 죽여주세요."

키트리 부인이 애원했다.

자케는 향유병을 감싼 천을 펼쳐 보이며 루에게 말했다.

"이 병을 잡아라."

루는 고분고분 따랐다.

"병을 열어라."

루가 코르크 마개를 열자 아르방스 강의 신선한 향기가 예배당 안에 퍼졌다. 황수선화, 우거진 나뭇잎, 따뜻한 풀, 잔잔한 물결이 어우러져 나는 향기였다.

"손을 내미세요."

자케가 키트리 부인에게 말했다.

그는 화상을 입은 부위에 향유를 아주 조금씩 한 방울, 또 한 방울 흘렸다. 제오프라 사제는 자신을 둘러싸고 있는 공기를 들이마셨다. 그리고 그 속에서 화류계 여인들의 짙은 향기와 침대 시트와 사랑의 냄새를 느꼈다.

"빨리 마개를 닫거라."

사제는 당황해서 말했다.

루는 마개를 닫았다. 향유병에서는 마지막으로 천국의 향기 같은 향냄새와 녹은 밀랍향이 흘러나왔다. 키트리 부인은 손을 다시 가죽 주머니에 넣었고, 제오프라 사제는 주머니를 끈으로 묶었다. 감시병들이 다시 두 죄인 곁에 섰고, 누군가 앙게랑 남작을 부르러 갔다.

남작은 신의 심판을 믿었고, 불로 달군 쇠막대기는 더욱더 믿었다. 그는 전날 저녁 아내가 고통에 울부짖는 소리를 들었다. 상처가 낫지 않았다는 증거였다. 키트리 부인은 헝클어진 긴 머리칼로 얼굴을 가린 채 예배당에서 남작을 기다리고 있었다. 사제 곁에는 두건을 쓴 수도사가 작은 소리로 기도하고 있었고 루는 무룹을 꿇고 있었다. 냉혹한 남작은 드디어 결정의 순간이 왔다고 느꼈다.

"키트리 부인, 주머니를 벗기겠소."

제오프라 사제가 말했다.

키트리 부인은 고개를 들어 남작을 똑바로 쳐다보았다. 향유를 처음 떨어뜨린 순간, 고통은 이미 멈추었다. 주머니를 벗기자 키트리 부인은 남편에게 손등을 내보였다. 그리고 천천히 손을 돌려 손바닥을 보여주었다. 하얀 피부, 약간 통통하지만 매력적인 손이었다.

"하지만 어떻게…… 이건 불가능한 일인데."

앙게랑 남작이 더듬거리며 말했다.

"신께 불가능이란 없습니다."

제오프라 사제는 그 사실을 상기시켰다.

자케는 키트리 부인을 살리는 데 동의했지만 그에 대한 대가를 원했다. 값을 치러야 하는 사람은 루였다.

제오프라 사제가 루에게 말했다.

"일이 다 끝난 후에 성에 남아 있어서는 안 된다. 남작이 복수하려 들 것이다. 트루아에서 온 자케가 생 자크 드 콩포스텔까지 널 데리고 가면 어떠냐고 제안했다. 이보다 더 좋은 주인을 만날 수는 없을 게다."

사제는 거짓말을 했다. 선을 행하면서 동시에 악을 저질렀다. 사제는 키트리 부인의 목숨을 구했다. 하지만 루를 잃었다.

최후의 심판의 날, 선악을 저울질하는 추는 어느 쪽으로 기울까?

"부디 신께서 나를 용서하시길."

사제는 순례자로 가장한 자케와 함께 멀어져가는 루를 보며 중얼거렸다.

두 사람은 정오가 될 때까지 아무 말 없이 길을 걸었다. 루는 갑작스럽게 자신의 새 주인이 된 자에게 의혹의 눈길을 보냈다.

"물가에서 점심을 먹자. 버드나무 아래에서 더위를 피할 수 있을 게다."

자케가 말했다.

두 사람은 아르망스 강둑으로 내려갔다. 자케는 배낭에서 빵과 버찌를 꺼냈다. 그는 겨우 손만 대는 정도로 조금만 먹고는 루가 배불리 먹고 나자 이렇게 말했다.

"이 신비의 향유병을 열기 위해서는 나이로는 더이상 어린아이가 아니지만 어린아이처럼 깨끗한 마음을 가진 종이 필요하다. 그런 사람은 아주 드물지. 나는 사람들이 귀하고 드문 것에 하는 것과 똑같은 일을 네게 할 것이다. 너를 열쇠로 잘 잠가둘 것이다."

그러고 나서 그는 루의 손목을 자신의 손목에 묶었다.

그곳은 낮잠 자기에 딱 알맞았다. 자케는 밀려오는 잠을 마다하지 않았다. 주인의 몸에 사슬로 묶인 루는 잠이 오지 않았다. 그래도 눈을 감았다. 하지만 비단처럼 부드럽게 움직이는 기척에 곧 눈을 떴다. 강의 요정이었다. 졸졸 흐르는 물결옷을 입은 아르망스였다. 요정은 쉿, 하며 루의 입술에 손가락을 갖다댔다. 그리고 물결옷 자락이 땅에 끌리는 채로 루의 몸 위에 누웠다. 루는 얼음처럼 차가운 물결이 가슴부터 발끝까지 휘감는 것을 느꼈다. 요정이 입맞추며 자신의 입 속으로 들어오는 순간 루는 공포에 소리를 지를 뻔했다. 물결이 빠져나갔다. 물러갈 때는 물결이 뜨거워져 있었다. 자케가 잠에서 깨었을 때 아르망스는 이미 사라진 후였다.

"향유의 향기를 다시 맡고 싶구나."

새 주인이 하인이 된 루에게 말했다. 그는 루의 손을 풀어주며 향유병을 넣은 천을 조심스럽게 풀었다.

"자, 받아서 열어보아라."

루는 망설였다. 향유병을 빼앗아 강에 던져버릴 수도 있었다. 하지만 주인은 힘이 셌고 무기도 가졌을 터였다. 그는 순종하기로 했다. 하지만 향유병에 손가락을 대자 붉은 액체가 끓어오르기 시작했다.

"아니, 이럴 수가?"

자케는 펄쩍 뛰었다.

루는 두 손으로 향유병을 쥐었다. 향유는 큰 거품을 일으키며 끓기 시작했다. 루는 큰 소리로 웃기 시작했다. 하하! 열다섯 살 소년의 깨끗한 마음은 오래가지 못한다. 하하! 요정과 함께 자는 것, 그것은 사실로 친다, 사실로 친다! 자케는 화가 치민 나머지 루의 손에서 향유병을 빼앗아 버드나무를 향해 던졌다. 엄청난 굉음! 마치 크리스털로 된 세계가 모조리 깨져 산산조각이 나 날아가버리는 것 같았다. 자케는 양손으로 귀를 막고 달아났다. 악동의 웃음소리가 그 뒤를 따랐다. 새 주인이 지평선 너머로 사라지자 루는 평정을 되찾았다.

병이 깨지는 순간 향유가 솟아오르는 것을 그는 보지 못했다. 버드나무 껍질에 붉고 끈끈한 액체 자국 같은 것은 전혀 남아 있지 않았다. 루는 쭈그리고 앉아 풀을 만져보았다. 아무것도 없었다. 물가에서 멀지 않은 곳에 무언가 반짝이고 있었다. 신비한 붉은색의 조약돌이었다. 루는 그 돌을 손에 쥐어보았다. 반짝반짝 빛이 났다. 냄새를 맡아보았다. 아무 냄새도 나지 않았다. 핥아보았다. 아무 맛도 없었다. 신비한 향유가 조약돌로 변한 것일까? 그렇다면 어떻게 해야 하지? 사제가 그것이 성녀의 향유라고 했으니 수도원에 가져다주는 게 최선일 것이다.

사제는 루를 다시 보자 매우 기뻐했다. 요정 이야기는 다소 모호한 구석이 있기는 했지만 그간의 일을 들으니 기뻤다. 사제가 결론을 냈다.

"나쁜 사람에게서 벗어나 자유의 몸이 되었구나. 이 조약돌은……"

사제는 성체기(聖體器)를 가지고 와서 말했다.

"여기에 넣어라."

그리고 루에게 애정 어린 눈길을 보냈다.

"그래, 이제 무엇을 할 작정이냐? 수도원에 남고 싶지 않으냐?"

루는 응석받이 아이처럼 상냥하게 웃으며 말했다.

"아니오! 저는 요정들을 너무 사랑하는 걸요."

사제는 떠나는 루를 잡지 않았다. 잠자리에 드는 순간 사제는 조약돌 생각이 났다. 사제는 그것을 다른 귀한 성궤에 넣어두어야겠다고 결심했다. 사람들에게 그것이 우리 주 예수 그리스도의 피로 만들어진 조약돌이라고 말해도 좋으리라. 아니야, 더이상 거짓말을 해서는 안 돼!

면회실에 들어섰을 때 사제는 기적이 일어났다는 사실을 알아차렸다. 공기중에 천국의 향기가 넘쳐흐르고 있었다. 그 속에는 천사들의 하프 소리와 찬양 소리가 깃들여 있었다. 사제는 털썩 무릎을 꿇었다. 조약돌이 액체로 변해 있었다. 제오프라 사제는 달려가서 막달라 마리아의 눈물이 담긴 병을 되찾았다. 사제는 그 내용물이 사실은 썩은 물이라는 사실을 알고 있었다. 그는 병을 비우고 깨끗이 씻은 후 향유를 채웠다. 손이 덜덜 떨렸지만 한 방울도 흘리지 않았다. 병은 이탈리아 산 고급 유리로 만들어졌으며, 금도금한 은테가 둘러져 있었고 둥근 가넷이 여러 개 박혀 있었다. 안에는 이제 향유병에 있던 것과 같은 내용물이 들어 있었다. 병 높이의 삼분의 일만큼만.

"이걸 어떻게 해야 하지?"

사제가 중얼거렸다.

사제는 이 기적의 성유물을 자신의 수도원에 보관하고 싶은 강한 유혹을 느꼈으나, 자신은 그럴 자격이 없다는 느낌이 들었다.

다음날, 그는 거짓말한 것에 대해 신의 용서를 구하기 위해 생 자크 드 콩포스텔로 순례를 떠날 것이라고 수도사들에게 알렸다. 이별의 눈물과 포옹이 있었다. 사제는 엄격했지만 많은 사랑을 받고 있었다. 그는 길을 떠나기 위해 배낭을 하나 꾸렸다. 배낭 깊숙한 곳에는 향유가 들어 있었다. 그는 콩포스텔 성당에 향유를 기증할 작정이었다. 몇 시간을 걷는 동안 양심이 그를 괴롭히기 시작했다. 자신의 구원을 위해 수도사들을 남겨두고 도망치는 것은 아닐까?

"내가 또 잘못하는 걸까?"

가엾은 사제는 한숨을 내쉬었다.

망설이며 몇 걸음 옮기다 다시 수도원으로 발걸음을 돌리려는데 등뒤에서 음성이 들려왔다.

"네가 잘했도다."

사제는 누가 뒤에서 자신을 노리는 건 아닐까 하는 두려움에 뒤를 돌아보았다. 하지만 길에는 아무도 없었다. 그게 더 두려웠다. 사제는 자신의 양심이 큰 소리를 낸 것으로 생각하여 안심하고는 성 야고보에게 용서를 구하기 위해 길을 떠났다.

한편 키트리 부인은 남편 곁을 떠나 딸들을 데리고 오빠에게로 갔다. 부인의 오빠는 막강한 권력을 가진 퓌자이의 위그 백작이었다. 위그 백작은 여동생이 겪은 불행에 대해 몹시 격분했다. 백작은 군대를 일으켜 투시 성을 점령한 후, 앙게랑 남작을 몸소 죽이고 베르트 부인은 화형시켰다.

그로부터 몇 년 후 한 음유시인이 퓌자이 성을 지나게 되었다. 음유시인은 사랑 노래를 부를 줄 알았고 달걀로 곡예를 보여주기도 했다.

"루!"

키트리 부인이 그를 알아보고 소리쳤다.

어른이 된 루는 키트리 부인 곁에 머무르다 파클린과 결혼했다. 루는 파클린과의 사이에서 딸 여섯을 낳았고 요정 아르망스와의 사이에서 아들 여섯을 낳았다.

사제와 자케는 모두 콩포스텔에 다다르지 못했다. 행상으로 가장했던 자케는 도중에 다른 신비한 것을 찾았다. 트루아에서 온 자케가 누구인지 아는 사람은 아무도 없었지만 마법사 메를린*이 누구인지는 모두 알고 있었다. 한편 산 속에서 죽음을 맞이한 사제는 마술사로 알려진 그곳 마을의 어리석은 이에게 향유병을 남기고는 숨을 거두었다.

그후로 향유병에 대한 이야기는 더이상 들을 수 없었다.

---

* 아서 왕 전설에 나오는 예언가이자 마법사.

마녀 시대
1521년

카고* 루

마녀. 마녀가 거기 있었다. 루는 그녀를 금방 알아보지는 못했다. 키 큰 풀 사이로 발뒤꿈치에 무게가 쏠리도록 웅크리고 앉은 데다 숱 많은 머리칼에 얼굴이 가려져 있었기 때문이다. 소녀는 루와는 불과 스무 걸음 떨어진 곳에 등을 돌리고 앉아 있었다. 풍성한 머리칼이 어린 소년 루의 마음을 사로잡았다. 헝클어진 건초와 모피의 중간쯤 되어 보이는 부드러운 머리칼은 세상에서 가장 따뜻하고 푹신한 황금 이불 같았다. 루는 시동들이 주인의 옷자락을 들어주듯이 살아 있는 이 비단천을 살짝 들어올려보고 싶었다. 그러다 문득 생각이 떠올랐다. 마녀. 사람들은 마녀를 두려

---

* 나환자의 후손으로 잘못 알려진 사람들을 부르던 명칭.

위한다. 마녀는 공기와 물 속에 독을 퍼뜨리고 동물들을 죽게 한
다. 루는 몸을 숙여 돌을 하나 집어들었다. 그리고 소녀의 머리를
겨냥했다. 하지만 소녀는 일어났다. 그녀는 꽃을 엮어 만들던 화
관을 한 손에 쥐고 있었다. 소녀는 뒤돌아서서 루를 보았다. 소녀
는 아직 완성되지 않은 화관을 탐스러운 머리칼 위에 얹고는 양
허리에 주먹을 대고 섰다. 진흙으로 더럽혀진 맨발, 누더기 옷 아
래로 솟은 봉긋한 가슴, 눈부시도록 찬란한 열여섯 살 소녀의 모
습은 흡사 숲의 여왕과도 같았다.

"마녀!"

루가 돌을 던지며 외쳤다.

소녀의 이마에 별 모양의 핏자국이 났다. 순식간에 일어난 일
이었다. 충격, 피. 두 사람은 겁이 나서 도망쳤다. 소녀는 숲속으
로, 소년은 마을을 향해.

루는 생 사뱅의 종탑이 시야에 들어오고 나서야 걸음을 늦추었
다. 사람들이 말하듯이 그 마녀가 장 드바의 아들처럼 루를 죽이
려 한 걸까? 루는 아치 모양의 다리 위로 막 접어들고 있었다. 집
이 아니라 마을로 가는 길이었다. 누군가 외치는 소리가 들렸다.

"카고!"

돌이 날아왔다. 루는 손을 이마로 가져갔다. 아이들이 난간 뒤
에서 나오며 소리쳤다.

"카고, 고트 족 개자식*! 넌 다리를 건널 수 없어!"

실제로 아이들은 진흙과 조약돌을 던져 루가 뒤로 물러나게 했다. 루가 어울릴 수 없는 생 사뱅의 아이들이었다. 마르쿠, 피에르, 조안. 루는 그 아이들을 알고 있었다. 루는 아이들 하나하나마다 이름을 댈 수 있었다. 미사에 갔을 때 성당 구석에서 그 아이들을 지켜보았다.

"뒈져버려! 너희 식구, 네 엄마 아빠랑 다함께 뒈져버려라!"

루는 집을 향해 달려갔다. 루의 집은 생 사뱅에서 그리 멀지 않았다. 기껏해야 활을 당기면 화살이 닿을 정도의 거리였다. 하지만 우물을 지나자 마을 아이들은 감히 쫓아오지 못했다. 거기서부터 카고들의 마을이 시작되었다. 지붕이 가파르게 경사진 집이 몇 채 서 있고 채소밭이 두어 개 있을 뿐이었다. 하지만 카고인 루에게는 그곳이 안전지대였다.

루는 아버지가 계신 집에 들어가기 전에 아이들의 흔적을 지우고 싶었다. 루는 샘으로 갔다. 마을 사람들 중 누구도 그곳 샘으로 물을 길러 오지 않았다. 카고들의 샘이기 때문이었다. 이마에서 피가 났다. 관자놀이에 별 모양의 작은 상처가 나 있었다. 루는

---

* 고트 족이 나병을 퍼뜨렸다는 믿음에서 유래한 욕설(옮긴이).

손, 팔뚝, 얼굴을 차분하게 씻었다. 목수 견습공인 루는 정말이지 급할 게 하나도 없었다. 루의 아버지는 항상 루에게 많은 일을 시켰다. 장작을 패고 손수레를 고치고 나무 판자를 대패로 다듬고……

루는 세 사람이 카고 마을에 들어서는 것을 보고는 세수를 끝냈다. 주일이나 성대한 축제 때와 같은 얼굴을 하고 앞장서서 들어오는 사람은 아들을 잃은 장 드바였다. 다른 사람 둘은 병이 옮을까 두려워 손으로 입을 막고 있었다. 카고가 숨쉬는 공기는 오염된다고 알려져 있었기 때문이다.

"이봐, 장 멜록! 집에서 나오게!"

장 드바는 교구위원* 특유의 권위적인 말투로 외쳤다.

장 멜록이 문 앞 계단으로 나왔다. 금발에 체격이 건장한 그는 커다란 손으로 인근 지역의 건물, 다리, 시장, 종탑들을 모두 지었다.

"더이상 다가오지 말라고 하게!"

나머지 두 사람 중 한 명이 말했다.

"거기 그대로 멈춰!"

장 드바가 명령했다.

---

* 가톨릭 교구의 일을 맡아보는 사람.

"너한테 다시 한번 상기시켜주러 왔다. 카고인 너는 지난 일요일처럼 부츠를 신고 망토를 입어서는 안 되며, 네 아들이 우리 아이들에게 접근해서도 안 되고, 네 부인이 우리의 성수반(聖水盤)에 손을 대서도 안 된다."

장 드바가 더이상 다가오지 말라고 했지만 장 멜록은 균형을 유지하며 천천히 앞으로 두 걸음을 내디뎠다.

"장 드바, 대체 내가 무엇을 잘못했단 말이냐? 너희 집 지붕이 무너지기라도 했느냐? 아니면 네 침대가 내려앉기라도 했단 말이냐?"

"아니, 그렇지 않다."

교구위원 장 드바가 반박했다.

"너는 훌륭한 기술자다. 그렇기 때문에 너한테 돈을 지불한 거다. 하지만 너희는 너희만의 집, 묘지, 성당 구석 자리, 성수반을 가지고 있지 않느냐. 자유로운 프랑크인들과 카고는 서로 섞일 수 없다."

장 멜록은 장 드바에게 큰 손을 펼쳐 내밀었다.

"잡아봐라."

그가 말했다.

장 드바는 당황하며 그의 손을 바라보았다.

"네 침대를 만든 사람이 비로 나인데, 너는 내 손을 만지지 못한

단 말이냐?"

체구가 건장한 장 멜록이 그를 놀렸다.

"너도 잘 알겠지만, 장 멜록, 너도 잘 알겠지만……"

"도대체 내가 뭘 안다는 거지?"

서로 너무 가까이 있어 장 드바는 카고인 장 멜록의 고약한 입 내가 느껴지는 것 같았다.

"너한테 이미 경고했다. 만약 너나 네 부인, 네 아들에게 불행이 닥치면……"

장 드바가 뒤로 물러나며 말했다.

"내 아내와 아들을 가만히 내버려둬. 장 드바, 네 아들은 죽었고 네 아내는 너를 속이며 바람을 피우고 있지."

목수 장 멜록은 악의에 찬 눈빛으로 쏘아보며 대답했다.

모욕당한 장 드바는 시기에 찬 증오심을 숨김없이 드러냈다.

"장 멜록, 너는 곧 뒈질 거다. 네 아내와 아들도 뒈질 거다! 너희 가족은 벌레 먹은 과일처럼 무너져내릴 거다."

마을 사람 두 명이 장 드바의 옷을 잡아끌었다. 카고들은 잘 다루어야 한다. 그들을 자극해서는 안 된다.

"내가 보르도 법원 판사들에게 알렸다! 생 사뱅의 카고들이 베아른 법*을 지키지 않는다고. 만약 네 아내가 우리 성수반을 또 더럽히면 우리 아내들이 네 아내를 흠씬 패줄 거다. 만약 네 아들놈

이 맨발로 우리 마을의 거리를 돌아다니면 우리 아이들이 그 녀석 발에 구멍을 내버릴 거다."

교구위원 장 드바는 계속 뒷걸음치며 소리쳤다.

"너한테는 이제 아들이 없을 텐데!"

"아이들이 그 녀석 발에 구멍을 내버릴 거야!"

장 드바가 소리쳤다.

두 사람은 달려들어 싸울 태세였다. 하지만 장 드바의 마음속에는 증오보다 나환자를 만지는 것에 대한 공포가 더 컸다. 그는 갑자기 발길을 돌렸다. 루는 장 드바를 향해 침을 뱉고는 집 안으로 들어갔다.

어둡고 서늘한 큰 방 안에는 티에네트 멜록이 완두콩 한 더미를 탁자 위에 쌓아놓고 미동도 없이 앉아 있었다. 티에네트 멜록도 그녀의 남편처럼 카고였다. 카고는 나환자로 알려져 있어 자기들끼리만 결혼할 수 있었기 때문이다. 하지만 남편이 건장한 만큼 그녀는 허약해 보였고 나이 때문인지 이미 쇠잔해 보였다.

"망할 놈의 드바 자식!"

방을 들어서며 장 멜록이 욕설을 내뱉었다.

---

* 카고들에 대한 금지사항이 명시되어 있는 법률.

"우리 마당에 채소와 과일이 풍성하게 열리니까 질투심에 배가 아파 죽을 지경일 거다. 부인은 저를 속이지, 아들 녀석은 죽었지. 하지만 난들 어쩌겠어? 저 녀석이 아무리 곱지 않은 시선으로 본다 해도."

"그 사람이 하는 말 들었어요? 판사들한테 알렸다고……"

티에네트가 탄식했다.

"판사들, 얼마든지 오라고 해. 와서 우리가 얼마나 불공평한 일을 당하고 있는지 보라고 해!"

루는 조용히 부모님을 지켜보았다. 어머니는 불평꾼이었고 아버지는 의기양양한 정복자였다. 장 멜록은 하는 일마다 성공을 거두었지만 어두운 안색의 왜소한 부인이 항상 그의 발목을 붙잡았다. 부인의 얼굴에 죽음의 그림자가 드리워진 것은 아니었다. 하지만 생명의 빛 또한 찾을 수 없었다.

"여하튼, 티에네트! 그 사람들이 말하는 것처럼 우리가 겉으로 드러나지는 않아도 안으로는 문둥병자라는 건 다 거짓말이야. 우리는 겉으로도 안으로도 문둥병자가 아니야. 내 아버지도, 할아버지도 문둥병자가 아니었어."

장 멜록이 부인을 툭 치며 말했다.

"나도 아니에요!"

루가 소리쳤다.

루는 금발에 키가 큰 미남이었고, 피부는 하얗고 부드러웠다. 하지만 사람들은 카고들이 잘생기고 체격이 좋다는 것을 잘 알고 있었다. 문둥병은 그 안에 숨어서 그들의 피를 썩게 하고 숨결에 악취가 풍기게 한다는 것이다.

"그건 전부 거짓말이야."

장 멜록은 확신했다.

티에네트는 의자에 앉아 몸을 더욱 움츠렸다. 어둠 속에서 용기를 얻은 그녀는 부끄러워하며 오른팔을 덮고 있는 옷자락을 천천히 걷어올렸다. 남편은 그런 그녀를 바라보았다. 티에네트의 피부는 이미 늙은 농촌 아낙의 피부처럼 빛을 잃었다. 그녀는 소매를 팔꿈치까지 걷어올렸다. 가죽같이 거친 팔뚝 위로 역겨운 붉은색 반점이 퍼져 있었다. 반점이 끔찍한 모양으로 진행되어 더 넓어지면서 살 속을 파고들게 될 것임을 알 수 있었다.

"어서 가리지 못해."

불안에 휩싸인 장 멜록이 말했다.

하지만 너무 늦었다. 루는 그것을 보고 깨달았다. 문둥병은 더 이상 안에 숨어 있지 않았다. 겉으로 나타났다. 그렇게 해서 루는 자신에 대해, 밖으로 드러날 문둥병에 대해 공포를 느꼈다.

이제 겨우 열다섯 살인 루는 살고 싶었다. 루는 잔인하게 굴 생각은 없었지만 그후 며칠간 어머니를 피해 산 속으로 긴 여행을 떠났다. 아버지는 그를 막지 않았다. 1521년 6월의 물, 공기, 태양은 너무나 아름다웠고 건강한 것들을 기약하고 있었다.

어느 날 저녁, 루는 마녀의 집을 다시 찾았다. 마녀는 냇가에 자갈, 이끼, 나뭇가지로 손수 거처를 만들어 살고 있었다. 작년 이맘때까지만 해도 그녀는 생 사뱅의 들판이 시작되는 곳에 위치한, 마을 제일 끝 집에서 어머니와 함께 살고 있었다. 하지만 마을 사람들이 그녀의 어머니를 죽이고 집에 불을 놓았고 그녀는 도망치게 그냥 내버려두었다. 그들은 그녀를 '마녀의 딸'이라고 불렀다. 루는 그녀에게 이름이 있다는 사실을 몰랐다. 이제 그 딸이 어머니 대신 마녀가 되었다. 생 사뱅에 불행이 닥치자 사람들은 숲으로 시선을 돌렸으나 감히 그곳을 찾아가지는 못했다. 소녀는 사람들이 두려움을 느낄 만큼 너무나도 젊고 아름다웠다. 장 드바는 때를 기다리면 된다고 말했다. 첫번째 겨울이 지나면서 그녀는 지쳐갔다. 외로움, 배고픔, 혹독한 추위가 그녀에게서 아름다움을 빼앗아 이가 빠지고 반쯤 미친 마녀로 만들어놓을 거라고 사람들은 기대했다.

루는 오두막집으로 다가가면서 큰 막대기를 하나 집어들었다. 소녀가 거기 있으면 몽둥이로 두들겨패줄 참이었다. 아무 이유도 없었다. 소녀는 마녀이고 그는 카고이기 때문이었다. 하지만 집은 비어 있었다. 나뭇가지로 만든 지붕 사이로 햇살이 빗물처럼 새어들어왔다. 목수 견습공인 루는 측은한 마음에 동정 어린 미소를 지었다. 방 한가운데는 커다란 나무 그루터기가 하나 있었고 그 위에 알약을 가루로 만드는 데 쓰는 막자사발 하나와 검은 가루, 잘게 찢은 꽃잎이 가득 차 있는 그릇 몇 개가 놓여 있었다. 한쪽 구석에는 마녀의 보물이 쌓여 있었다. 솥 하나, 긴 빗자루 하나, 유리구슬 몇 개, 토끼 발 하나, 닭 벼슬. 마녀는 더이상 자신이 누구인지 숨기지 않았다. 그녀는 마법과 주문을 이용했다. 역한 냄새가 나는 제라늄과 자줏빛 디기탈리스로 독약을 만들었고, 개양귀비로 고통을 잠재우기도 했다. 널빤지 위에는 기름기 있는 연고와 목숨을 앗아갈 정도로 독한 약이 든 작고 더러운 병들이 놓여 있었다. 루는 역겨움에 눈살을 찌푸리며 하나씩 들어보았다.

그중 하나가 루의 관심을 끌었다. 다른 것들과 다르기 때문이었다. 아름다운 유리병이었다. 루는 자신도 모르는 사이에 장식 테는 순금이고 가넷은 루비라고 믿어버렸다. 다른 단지들은 모두 가득 차 있었지만, 그 병 안에는 기름 같은 붉은 액체가 사분의 일 정도 차 있을 뿐이었다. 그 병을 들어올리려는데 둘둘 말린 작은 양피지 조각이 툭 떨어졌다. 루는 그것을 주워서 급히 주머니에 집어넣었다. 그리고 밖에 인기척이 있는지 살핀 다음 대담하게 마개를 열었다. 마치 숲의 정령을 풀어준 것 같았다. 소나무 잎과 송진 향이 햇살처럼 환하게 소용돌이치며 병의 입구를 타고 흘러나왔다. 삼나무, 자작나무, 떡갈나무, 사이프러스 향이 병에서 흘러나왔고 마치 마법이 풀리듯 구름 가까이에서 신비한 백단향이 숲을 뒤덮었다. 공포에 질린 루는 서둘러 마개를 닫고는 제자리에 놓았다. 그렇다. 소녀는 마녀였다. 그녀가 돌아오기 전에 도망쳐야만…… 너무 늦었다! 그녀는 이미 들어와 서 있었다. 금빛 머리카락 속에 반쯤 묻힌 그녀는 불행이 깃들인 시선으로 루를 바라보았다.

"뭘 찾으러 온 거지?"

"아무것도. 가게 해줘."

그녀를 때리겠다는 생각은 더이상 하지 않았다. 그는 팔 아래로 막대기를 늘어뜨렸다.

"카고!"

"마녀!"

그들은 서로 모욕적인 말을 주고받았다.

"고트 족 개자식!"

"창녀!"

작은 마녀는 카고 루가 지나가도록 비켜섰다. 두 사람의 이마에는 똑같은 상처가 나 있고 가슴에도 똑같이 금이 가 있었다. 그들은 아무 이유도 없이 서로 증오하고 있었다.

"문둥이다! 문둥이다!"

법관 피에르 랑그르는 그와 동행하는 의사가 대체 어떤 종류의 인간일지 자문해보았다. 그는 이틀 전 생 사뱅을 향해 길을 떠난 후로 비탈 선생으로 불리는 이 인물에 대한 비밀을 풀지 못한 채 계속 길을 가고 있었다. 의사는 파리 태생이었다. 사람들은 그가 프랑수아 1세의 주치의이며 모든 여인들이 앞다투어 차지하려 하는 인물이라고 했다. 피에르 랑그르는 비탈 선생 옆으로 말을 타고 가면서 그를 살짝 곁눈질해보았다. 마흔이 넘었으나 여전히 잘생긴 모습이었다. 그는 대체 무엇 때문에 보르도에 온 걸까? 무슨 이유로 법원의 임무를 수락한 것일까?

"음, 또 화창한 아침이 시작되었군요……"

법관이 말했다.

“그렇군요.”

이렇게 대답하는 비탈에게 깃들인 희미한 미소는 내내 그의 얼굴에서 떠나지 않았다.

“카고 마을을 방문해본 적이 있소?”

“아니오. 한번 방문해보고 싶은 호기심이 생깁니다.”

그게 아마도 신비한 비밀의 열쇠일 것이다. 비탈 선생은 호기심이 많은 사람이었다. 세상을 보기 위해 화려한 궁정생활도 버렸다. 요컨대 괴짜였다. 랑그르는 그런 사람을 별로 좋아하지 않았다.

“앞으로 알게 되겠지만 카고는 알아보기 쉬울 거요. 대부분 키가 크고 금발이거든. 그들이 고트 족의 후손이라는 얘기가 있소.”

법관 랑그르는 그 방면으로 정통해 있다는 어조로 말을 이어갔다.

“고트 족?”

의사는 간신히 눈치챌 수 있을 정도로 조금 놀라며 그의 말을 따라했다.

“하지만 일부는 키가 작고 갈색 머리요. 그들은 사라센의 후손이지요.”

“사라센?”

비탈 선생은 아까와 똑같은 어조로 중얼거렸다.

법관은 확신에 차 말을 이었다.

"카고는 귓불이 목에 붙어 있고 손은 갈고리 모양이오. 그들은 자신들이 문둥병자가 아닌데도 사람들이 억울하게 자기들을 격리시키고 있다고 말하오. 하지만 그건 그들의 문둥병이 발병하지 않고 잠복해 있기 때문이오. 안에서 조금씩 그들을 갉아먹으며 피를 덥히는 백색 나병 말이오. 그들이 사과를 한 시간 동안 손에 쥐고 있으면 사과는 말라비틀어져……"

"그게 정말입니까? 그런 희한한 이야기를 나더러 믿으란 말이오!"

의사가 소리쳤다.

법관은 화가 치밀어 얼굴이 벌겋게 달아올랐다. 그는 비탈 선생이 자신을 비웃고 있다는 사실을 깨달았다. 화가 난 법관은 남은 오전 내내 입을 다물고 있었다. 하지만 식사 시간이 되자 이야기하는 것을 좋아하는 법관은 입이 근질근질해 참을 수가 없었다.

"우리에게 도움을 청한 장 드바라는 교구위원이 생 사뱅에서 할 일이 많을 거라고 내게 확언했소."

법관은 악의로 가득 찬 작은 눈을 깜박였다.

"비탈 선생, 마녀를 방문해본 적이 있소?"

의사 비탈은 태연히 고개를 저었다.

"나는 악마의 상징을 찾는 외과의사를 도운 적이 있소."

랑그르 법관은 의사에게서 반감을 느꼈으나 계속 말을 이어갔다.

"아시겠소, 악마가 손가락을 집어넣은 곳을 찾기 위해 마녀들 몸 깊숙이 바늘을 찔러넣었지요. 그 계집년들이 지르는 소리가 어찌나 괴상하던지!"

의사의 냉담한 미소에 가벼운 떨림이 스쳤다. 랑그르는 비웃으며 한마디 덧붙였다.

"생 사뱅에 열여섯 살짜리 마녀가 있는 것 같소. 한번 방문해보고 싶은 '호기심'이 생기는구려."

비탈 선생은 너무나 위험한 인물과 동행하게 되었다는 생각이 들었다. 기대와는 달리 이 여행에서 큰 즐거움을 얻을 수는 없을 것 같았다.

생 사뱅 마을의 유력 인사들이 모두 성당 앞 광장에 모였다. 장 드바는 먼길을 여행해 온 두 사람을 환영했다.

"오시느라 힘드셨죠. 피곤하실 겁니다. 제 집에 와서 식사라도 하시죠. 비탈 선생, 영광스럽게도 우리가 이렇게……"

교구위원 장 드바는 의사의 미소 띤 침묵에 당황하여 대충 몇 마디 말을 중얼거렸다. 그는 법관에게 갖은 예를 다하는 것으로 간신히 그 상황을 모면했다.

"자, 마셔보세요. 평범한 포도주지만 갈증이 풀리실 겁니다."

그는 랑그르 법관에게 잔을 건네며 말했다.

침묵하고 있던 의사가 갑자기 입을 열었다.

"그 카고들 말이오, 당신은 그들의 어떤 점을 비난하는 거요?"

장 드바는 의사에게 경계의 눈길을 보냈다. 적일까 아니면 동지일까? 그는 자신의 생각을 분명히 말할 수 없어 신중하게 말을 꺼냈다.

"만약 그들이 베아른 법을 준수한다면 그들을 비난할 이유가 없습니다. 선생님도 아시겠지만 그들은 문둥병자들입니다."

"아니오, 나는 모르오."

비탈 선생이 그의 말을 끊었다.

장 드바는 여전히 웃고 있었으나 목소리가 무뚝뚝해졌다.

"…… 곧 아시게 될 겁니다."

장 드바가 중얼거렸다.

그는 고갯짓으로 자신을 안심시키려는 법관을 향해 몸을 돌렸다.

"비탈 선생은 카고 마을을 방문하실 거요. 그들이 백색 문둥병자라는 사실을 선생에게 말씀드렸소. 그리고……"

랑그르 법관이 말했다.

"백색 나병은 늙은 여인네들이 만들어낸 이야기일 뿐이오."

의사가 다시 한번 말을 가로막았다.

식탁에 싸늘한 냉기가 감돌았다. 비탈 선생은 단 몇 분 만에 마을의 유력 인사들을 모두 자신의 적으로 만들었다.

마치 미사 행진의 날처럼 모든 사람들이 카고 마을을 향해 나아갔다. 교구위원 장 드바가 법관과 함께 앞장섰다.

"카고 가족은 총 다섯입니다."

장 드바는 마치 동물에 대해 이야기하듯이 설명했다.

"쿠튀르, 가에, 뒤카스, 카세나브, 멜록. 그중에서 장 멜록이 가장 골치죠. 그는 가게에 들어가 막대기를 사용해 물건을 가리켜야 하는 규칙을 어기고 식료품에 직접 손을 대고 사람들에게 말을 겁니다!"

랑그르는 불쾌한 기색을 보였다. 카고는 격리시키고 마녀는 화형에 처해야 한다. 그게 바로 그의 의견이었다. 사람들이 다리를 건넜다. 대부분 카고 마을에 처음 들어가는 사람들이었다. 그들 중 한 사람이 손으로 입을 막았다. 그러자 다른 사람들도 따라서 입을 막기 시작했고 급기야 모든 사람이 입을 막았다. 방문을 미리 통고받은 장 멜록과 그의 아들은 집 밖에 나와 있었다. 두 사람은 똑같이 뒷짐을 지고 다리를 벌린 자세로 서 있었다. 그들은 매우 건강해 보였다.

"나환자들이 여기 있군."

의사가 나직이 말했다.

그는 군중을 향해 돌아서며 외쳤다.

"이 사람들은 구경하러 올 만한 괴물이 아니오. 그러니 다들 돌아가시오."

의사는 장 멜록의 집으로 들어갔고 법관과 교구위원도 뒤따라 들어갔다. 비탈 선생은 방 안을 조사했다. 방은 깨끗했고 관리도 썩 잘 되고 있는 것처럼 보였다.

"장 멜록, 나는 왕의 주치의요. 당신은 대풍창*에 걸렸다는 의심을 받고 있소. 나는 그것이 사실인지 판단해야만 하오."

그는 과학에 모든 것을 바친 사람처럼 냉정하게 말했다. 그리고 장 멜록을 창가로 가게 한 다음 옆얼굴을 보이도록 했다.

"귓불이 목에 붙어 있나?"

그는 법관이 들을 수 있도록 충분히 큰 소리로 말했다.

멜록의 귀 형태는 정상이었다. 의사는 그에게 주먹을 쥐고 있던 손을 펴라고 했다.

"손이 갈고리 모양인가?"

의사는 여전히 의문형으로 말했다.

"문둥병이 늦게 진행되는 경우도 있는데……"

---

* 나병의 다른 명칭.

교구위원 장 드바가 중얼거렸다.

"다른 사람들의 어리석음보다는 더 늦게 진행되죠."

의사는 조용히 장 드바의 말을 대신 끝맺어주었다.

"장 멜록, 옷을 벗으시오."

목수 멜록은 수치심을 느꼈지만 옷을 벗었다. 그는 자신의 몸에서 반점이나 상처 같은 병의 흔적을 찾는 집요한 시선을 느꼈다. 하지만 멜록에게서는 지나간 세월의 흔적 외에는 어떤 흔적도 찾아볼 수 없었다.

"이 사람이 나환자라면 나도 나환자겠소."

비탈 선생이 말했다.

예상치 못한 결론에 어린 루는 그만 웃음을 터뜨리고 말았다. 의사는 루에게 비난의 눈길을 보냈다.

"이리 와라."

의사는 루에게 냉정하게 말했다.

루는 겁먹은 채 다가가 똑같은 시험에 응해야만 했다. 그는 얼굴을 붉히며 옷을 벗고는 의사의 시선을 견뎌냈다. 루는 아키텐의 왕자처럼 귀티가 났다. 악마 같은 증오심이 장 드바의 가슴을 죄어왔다. 죽은 그의 아들도 살아 있다면 이 아이 나이가 되었을 것이다. 비탈 선생의 입술도 심하게 떨렸다. 그에게도 자신의 의술로도 살릴 수 없어 잃고 만 아들이 있었다. 그는 루의 웃음소리를 듣는 바로 그 순간부터 루를 미워하기 시작했다.

"아이는 건강합니다. 나갑시다."

그가 돌아서며 말했다.

그 말에 따르려던 장 드바는 용케 기억해냈다.

"잠깐! 잠깐 기다리세요! 부인이 있어요. 멜록, 네 아내는 어디 있지?"

"우리 모두의 어머니이신 성모 마리아의 이름으로 말하건대, 제발 내 아내를 그냥 내버려둘 수 없겠나?"

장 멜록이 소리쳤다. 그의 목소리에는 절망감이 배어 있었다.

"네 아내는 어디 있지?"

이번에는 보르도 법관이 물었다.

그 말에 대답하듯 오열하는 소리가 들려왔다. 티에네트 멜록은 어둠 속 한구석에서 울고 있었다. 남편은 다락방에 숨어서 나오지 말라고 일렀지만 그녀는 기어이 거기서 내려왔다. 티에네트는 의사의 발치에 몸을 던졌다.

"살려주세요, 살려주세요!"

비탈 선생은 그녀를 밀쳐내고 싶었지만 그녀는 오열하며 그의 옷자락을 움켜쥐었다. 법관과 교구위원 장 드바가 그녀를 강제로 일으켜 세웠다. 그녀는 미친 여자처럼 보였다. 장 멜록은 수치심에 마음이 상해 꼼짝달싹 안 하고 말 한마디 내비치지 않았다.

"보시오, 이걸 보시오!"

장 드바가 겁에 질려 소리쳤다.

끔찍한 반점이 오래 진행되어 붉은 딱지처럼 변한 채 팔뚝 전체를 뒤덮고 있었다.

"문둥이다! 문둥이다!"

교구위원 장 드바는 뒷걸음질치며 소리쳤다.

의사는 불만스러운 표정으로 검사를 시작했다. 한 사람은 소리치고 있고 또 한 사람은 울어대고 있었지만 그는 전혀 아랑곳하지 않았다. 그는 푸념 많은 이 여인을 조금도 동정하지 않았다. 자기 자신을 위해 이미 너무나도 많은 눈물을 흘렸기 때문에 다른 사람을 위해 울어줄 여력이 없었다. 그는 티에네트의 얼굴을 만져보고, 머리카락을 당겨보고, 눈을 검사해보고, 입을 벌리게 하고, 입김을 맡아보고, 맥박을 쟀다.

"나병 증상은 전혀 없소."

그가 신중하게 말했다.

"무슨 소리요? 그럼 팔에 있는 건……"

법관이 펄쩍 뛰었다.

"……궤양이오. 소변과 혈액 검사를 해야 하오. 나환자의 피는 짙고 검은 빛을 띠며 소변은 암말의 소변처럼 진하오."

하지만 의사가 법관과 논쟁하고 있는 동안 교구위원 장 드바는 마을로 달려가 소리치며 사람들을 선동했다.

"문둥이다! 문둥이다!"

장 드바는 결국 복수를 했다. 멜록의 부인은 마을에서 쫓겨나 나환자들과 함께 격리 수용될 터였다. 카고 마을에서는 티에네트가 다시 한번 의사 앞에 무릎을 꿇은 채로 간청하고 있었다.

"저들에게 제가 문둥병자가 아니라고 말씀해주세요!"

나환자 수용소에 갇히는 것은 산 채로 무덤에 들어가는 것보다 더 끔찍한 일이었다. 비탈 선생은 그 사실을 잘 알고 있었다. 그는 부인을 단번에 밀어내고는 손을 씻으러 밖으로 나왔다. 루는 그의 행동을 지켜보았다. 이 의사에게 기대할 것이라곤 아무것도 없었다. 장 멜록, 마을 전체를 건설한 그가 일순간에 무너져내렸다. 루는 자기 자신만을 의지할 수밖에 없었다. 그리고 마녀를.

루는 몽둥이를 하나 집어들고 냇가 오두막집을 향해 달려갔다. 루가 그 집에 들어섰을 때 소녀는 나무 그루터기 앞에 웅크리고 앉아 있었다.

"일어서, 마녀야!"

루가 몽둥이를 흔들며 외쳤다.

루는 소녀가 마법을 부리던 중이라고 생각했다. 하지만 소녀가 일어서자 그녀가 울고 있었을 뿐이라는 사실을 알게 되었다. 혹시 마법을 부리는 데 자기 눈물을 사용하는 건 아닐까?

"나한테 또 뭘 원하는 거지?"

그녀는 지친 목소리로 말했다.

"우리 엄마가 나환자다. 네가 엄마를 고쳐줘."

소녀는 황금빛 머리를 흔들었다.

"거절하면 죽도록 때려줄 거야."

그는 다시 몽둥이를 들어올렸다. 소녀는 그에게 말하고 싶었다. '나는 마녀가 아니야. 네가 보고 있는 이것들은 다 우리 엄마 거야. 불이 난 다음 폐허가 된 우리집에서 가져왔을 뿐이야.' 하지만 그는 소녀의 말을 믿으려 하지 않을 것이다. 그녀는 어깨를 으쓱하고는 연고가 들어 있는 병들을 만지작거리다 그중 하나를 들고 냄새를 맡아보고는 다시 제자리에 내려놓았다. 다른 병을 들고 잠시 생각하는 척하다가 빛에 비추며 흔들었다. 붉은 액체가 꾸르륵 소리를 냈다. 루는 눈살을 찌푸리고 그녀를 유심히 쳐다보았다.

"어때? 내가 이 몽둥이로 좀 도와줘야 되겠어?"

루가 말했다.

소녀는 병을 다시 내려놓고는 연한 녹색을 띤 더러운 연고를 집어들었다. 그녀는 그것을 소년에게 내밀었다. 두 사람의 손이 서로 스쳤다. 루는 몽둥이를 내려놓고 연고의 냄새를 맡았다. 마늘 냄새가 났다.

"나를 속인 거라면 다시 와서 죽여버릴 거야."

소년이 나직이 말했다.

소녀와 아주 가까이 있었기 때문에 그는 소녀의 머리카락에서 전해지는 온기를 느낄 수 있었다. 소년은 더이상 참을 수 없어 아름다운 천조각 같은 그 머리카락을 한 손으로 만져보았다. 두 사람은 놀라서 서로 쳐다보았다.

"내 이름은 마고야."

소녀가 말했다.

"마고."

소년이 따라했다.

마녀는 카고의 입술에 손을 대고는 손가락 끝으로 그의 뺨과 목을 어루만졌다. 루가 생전 처음 느껴보는 전율이 온몸을 휘감았다.

"마녀."

겁먹은 루가 중얼거렸다.

"마고."

마녀는 말을 고쳐주었다.

루는 그녀에게서 도망쳐 달려갔다.

생 사뱅에 거의 다 왔을 무렵 루는 상황이 급박하게 돌아가고 있다는 것을 깨달았다. 다리 위에 사람들이 무리지어 있었고 카고들의 샘 주위와 루의 집 앞에도 사람들이 몰려와 있었다. 교구위원 장 드바와 법관 랑그르뿐만 아니라 신부와 마을 치안을 담당하는 경관들도 와 있었다. 비탈 선생은 무심하던 태도를 버리고 목청 높여 말했다.

"이 여인은 나환자가 아니오! 내가 방문한 카고들 중 나환자는 한 명도 없었소."

"당신은 거짓말을 하고 있어! 그 여자 팔을 보란 말이야!"

한 거지가 외쳤다.

"이건 피부병이오. 아마 코타레 온천수로 고칠 수 있을 것 같은데?"

의사는 설명해주고 싶었다.

하지만 고함 소리와 비웃음만이 그에게 돌아왔다. 돌멩이가 몇 개 날아왔다. 루는 눈으로 아버지를 찾았다. 장 멜록은 고개를 숙이고 구부정한 자세로 서 있었다. 티에네트 멜록은 울고 있었다. 경관들이 다가서자 그녀는 공포에 질려 소리를 지르기 시작했다. 그들은 저항하는 그녀의 손을 밧줄로 묶었다. 그때, 루가 군중을 헤치며 나아갔다.

"우리 엄마를 놔줘!"

도중에 손 하나가 그를 덥석 잡았다. 비탈 선생이었다. 루는 그

의 손아귀에서 빠져나가려 했지만, 의사는 다른 사람과는 비교할
수 없을 정도로 힘이 셌다.

그는 루를 양팔로 잡고 껴안았다. 티에네트 멜록이 소리쳤다.

"루, 살려다오, 나 좀 살려다오!"

"엄마!"

루는 의사의 어깨에 얼굴을 묻고 오열하기 시작했다.

"엄마…… 엄마……"

루는 나지막이 되뇌었다.

순간, 비탈 선생의 가슴이 슬픔으로 가득 찼다. 그는 소년을 품
안에 더욱 꼭 껴안고는 귀에 대고 속삭였다.

"보지 마라. 듣지도 마라. 내가 여기 있다. 내가 도와줄게. 너는
아직 어리다. 앞으로 살면서 잊을 수 있을 게다."

군중은 티에네트 멜록을 따라 멀어져갔다. 경관들은 그녀의 손
을 죄수처럼 묶은 채로 보르도에 있는 카르봉 블랑 나환자 수용소
로 데려갈 것이다. 장 드바는 법관 곁에서 근엄한 표정으로 걸으
며 그러한 광경을 머릿속에 떠올리고는 흐뭇해했다.

카고 마을의 샘 앞에서 비탈 선생은 소년을 아들처럼 가슴에 안
고 얼렀다. 그는 아이를 데려가 가르쳐 자기 직업을 잇게 하고 전
재산을 물려줄 것이다. 그가 늙으면 죽음도 그에게서 앗아가지 못
할 수많은 아이들이 그의 곁에 있을 것이다.

"루, 이리 와라."

갑자기 한 음성이 들려왔다.

의사는 놀라 일어났다. 루는 눈물을 닦으며 그의 품을 벗어났다.

"이리 와라."

장 멜록이 지친 목소리로 말했다.

루는 눈으로 가도 좋은지 비탈 선생에게 물었다.

"어서 가보거라."

의사가 말했다.

그는 잠시 자신의 꿈을 믿고 있었다. 그러나 이제 자신이 헛된 꿈을 꾸었음을 깨달았다.

비탈 선생

그날 밤, 무시무시한 천둥 번개와 함께 세찬 비가 계곡을 휩쓸고 지나가며 산속에 잠들어 있던 메아리를 모두 깨웠다. 잠을 이루지 못하고 있던 루는 폭풍우 한가운데서 어머니의 울음소리가 들리는 것만 같았다. 그렇게 밤이 물러가고 서늘한 새벽이 찾아왔다. 루는 마녀가 건네준 연한 녹색의 더러운 연고에 대해 다시 생각했다. 그것을 사용해볼 시간조차 없었다. 루는 주머니에 손을 넣었다. 그리고 병을 꺼냈다. 그와 동시에 대팻밥처럼 돌돌 말린 양피지 조각이 땅에 떨어졌다. 루는 글을 읽을 줄 알았다. 무덤이나 유리창에 적혀 있는 글자를 보면 읽고 이해하려고 노력하곤 했다. 루는 말려 있는 양피지를 펼쳤다. 글은 반쯤 지워져 있었다. 그는 온 정신을 집중해 그 글을 읽는 데 성공했다.

'나, 베즐레 수ㅗ… ㅢ제오프………는 심ㅣ……건ㅏ한 지금 생 자크 드 콩포…… 성…에 진…… 기적ㅢ 향ㅠ인 성녀 막달라 마……의 향…… 기증……라.'

그것은 유언이었다. 베즐레 수도원 제오프라 사제의 유언이었다. 루는 마녀의 오두막에서 유리병 하나를 옮기다가 양피지 조각을 떨어뜨린 사실을 선명하게 기억하고 있었다. 문제의 '기적의' 향유가 진한 숲의 향기를 내뿜던 붉은 액체라는 것은 두말할 필요도 없었다. 마녀는 루에게 그것을 주는 것을 망설였다. 그렇다면 힘으로 빼앗아오리라.

오두막을 향해 가던 루는 우박과 벼락을 맞은 나무들이 쓰러지면서 덮쳐 엉망이 된 호밀밭과 밀밭을 보았다. 생 사뱅 마을 사람들에게는 큰 재앙이었다. 루는 그것이 하늘이 내린 벌이라고 생각하지 않을 수 없었다.

"마고."

루는 중얼거렸다.

오두막은 무너지고 마녀의 전 재산이 바람에 흩어져 있었다.

"마고! 해치지 않을 테니 나와!"

루가 소리쳤다.

루는 공포로 눈이 휘둥그레진 채 전나무 아래 숨어 있는 작은 마녀를 발견했다. 소녀는 폭풍우 한가운데서 밤을 보낸 후 오한으로 떨고 있었다.

"나와, 이리 나와."

루는 전나무 앞에 무릎을 꿇고는 소녀에게 용기를 북돋워주었다.

병이 나 아픈 작은 마녀가 임시로 몸을 숨기고 있던 은신처에서 나왔다. 얼굴은 눈물과 빗물로 범벅이 되고 머리에서 발끝까지 진흙투성이인 소녀는 가련해 보였다. 루는 소녀에게 비탈 선생과 똑같은 행동을 했다. 소녀를 품에 안아준 것이다.

"마고, 폭풍우 때문에 다 잃은 거니?"

짧은 울음소리가 대답을 대신했다.

"마고, 네가 가지고 있던 병들 중에 유리병이 하나 있던 거 기억하니?"

마고는 놀라서 루를 바라보았다. 그녀는 전나무 아래로 사라졌다가 유리병을 손에 들고 다시 나타났다.

"내게 남은 건 이것뿐이야."

온전한 상태였다. 붉은 액체가 빛을 받은 루비처럼 반짝거려서 둥근 가넷의 빛이 흐릿해 보였다.

"마고, 이 병을 나한테 줘. 기적의 향유야. 우리 엄마 병을 고치려면 이게 필요해."

"그 대신 나에게 뭘 줄 거야?"

작은 마녀가 머뭇거리며 물었다.

루는 막연히 생각했다. '내 생명, 내 마음과 영혼.' 하지만 그것을 말로 하는 건 너무 힘들었다. 루는 마고의 입술에 손을 댔다. 그녀도 똑같이 했다. 마고의 몸에서 나는 뜨거운 열 때문에 루는 소스라치게 놀랐다.

"생 사뱅에 의사가 한 사람 와 있어. 그가 널 보살펴주러 올 거야."

루가 말했다.

아무것도 확신할 수 없었다. 혹시 비탈 선생이 마녀들을 두려워하는 건 아닐까?

아치 모양의 다리에 다다랐을 때 루는 마을이 또 한 차례 흥분으로 들끓고 있는 것을 보았다. 채소밭, 과실수, 추수한 곡식들이 모두 엉망이 되어 있었다. 생 사뱅 주민들은 다가오는 겨울이 기근과 죽음의 시간이 될 것임을 깨달았다. 교구위원 장 드바는 침울하게 숲을 바라보았다. 마녀! 이번에는 마녀가 그 값을 치르게 될 거다. 루는 마고가 큰 위험에 처해 있다는 사실을 깨닫고는 비탈 선생을 찾아 뛰어갔다. 선생은 떠날 채비를 하며 말에 안장을 올리는 중이었다.

"비탈 선생님! 떠나지 마세요. 사람들이 마고를 죽일 거예요! 사람들은 그애가 마녀라고 하지만 난……"

차마 말이 나오지 않자 루는 가슴에 두 손을 얹었다. 슬픈 웃음이 의사 선생의 입술을 스쳐 지나갔다.

"너의 마고는 마녀가 아니지. 세싱에는 마녀는 없고 또……"

그는 말을 채 끝내지 않고 고개를 들어 하늘을 쳐다보고는 가끔씩 내보이는 단호한 태도로 말했다.

"그래, 카고가 마녀를 사랑한다고?"

"선생님이 도와주시겠다고 어제 약속하셨잖아요. 거짓말하신 건가요?"

비탈 선생은 지난 몇 년간 마음의 문을 걸어잠그고 살아왔다. 하지만 루가 그 문을 여는 열쇠를 찾아냈다.

"내가 어떻게 해주면 좋겠니?"

한 시간 후 루는 비탈 선생의 말에 올라 보르도를 향하고 있었다.

길의 상태가 호전되자 경관들은 티에네트 멜록을 수레에 태웠다. 그녀는 오래 걷지 못했고 말 안장 위에 앉아 있지도 못했다. 악천후 때문에 길이 지체되었다. 루가 그들을 뒤쫓아 떠났을 때,

죄인을 호송하는 경관들은 루보다 불과 몇 리외* 앞서 있을 뿐이었다. 하지만 그들은 루보다 먼저 나환자 수용소에 도착하여 생라자르 병원 수도사들에게 티에네트 멜록을 넘겼다.

비탈 선생이 루에게 설명해준 대로 나환자들이 모두 카르봉 블랑 나환자 수용소에 감금되어 있지는 않았다. 일부는 도둑과 창녀들 틈에 섞여 보르도에 있는 갈리앙 궁의 폐허 속에 살고 있었다. 평범한 부르주아들 중 그 누구도 감히 이 고대 원형극장의 폐허 속에 발을 들여놓는 모험 따윈 하지 않았다. 그랬다가는 돈이나 생명을 잃을 수도 있었다. 하지만 루는 그곳으로 발길을 재촉했다. 루는 석양이 지는 것을 기다렸다가 회랑에 몰래 숨어들어 갔다. 그리고 무서운 그림자들 사이에서 두건을 푹 눌러쓴 나환자를 찾아냈다. 둔탁하게 두 번 울리는 소리에 루는 뒤돌아보았다. 한 거지 나환자가 딱따기**를 흔들며 건물 안에 나타났다.

"자비를 베푸세요. 신께서 축복해주십니다."

그는 습관처럼 중얼거리다가 쉰 목소리로 간신히 말을 마쳤다.

루는 혐오감을 느꼈지만 소매를 잡아 그를 멈추어 세웠다. 그러자 나환자는 곧바로 단검을 꺼냈다. 그는 얼굴에 붉은 칠을 한

---

* 옛 프랑스의 거리 단위. 1리외는 약 4km(옮긴이).

** 사람들에게 멀리 떨어지라고 미리 알리기 위해 나환자들이 가지고 다니며 소리를 내던 기구.

가짜 나환자였다.

"그만, 이봐요, 진정해요! 난 다만 당신이 입은 옷을 사고 싶을 뿐이에요."

루는 상당한 돈을 가지고 있었다. 가짜 나환자는 루에게 두건과 딱따기를 넘겨주었다. 얼굴에 피가 쏠리게 하고 쉰 목소리를 내려면 천으로 목을 어떻게 휘감아야 하는지 일러주기까지 했다.

다음날 루는 그렇게 변장을 한 후 딱따기를 흔들며 구걸하러 나온 몇몇 나환자들의 무리에 섞여들었다. 그러고는 지옥의 문을 밀고 들어간다는 사실도 모른 채 그들과 함께 나환자 수용소의 문턱을 넘어섰다. 나환자들이 벽 뒤에 숨어서 두건을 벗고 덕지덕지 늘어진 고름과 연골이 없어져버린 코를 드러내놓고 있었다. 카르봉 블랑은 지옥이나 다름없었다. 그중 한 사람은 양손에 손가락이 두 개씩밖에 남아 있지 않았고 각 손가락 마디는 하나씩만 남아 있었다. 놀랄 만큼 커다란 검은 종양 때문에 발에 구멍이 뚫린 사람도 있었고, 다리가 잘려나가 일어설 수 없어 땅바닥에 몸을 질질 끌고 다니는 사람도 있었다. 그는 타오르는 시선으로 한 곳을 뚫어져라 노려보며 같은 말을 반복했다.

"자비를…… 신께서 축복해주십니다."

살비듬과 옴으로 뒤덮여 참혹한 모습을 한 여자들의 무리 속에서 어머니를 발견하기까지 루는 저녁 예배 시간을 기다려야만 했다. 예배당의 어둠 속에서 나환자들이 쉰 목소리로 토해내는 불평이 사제들의 찬양 소리에 섞였다. 생 라자르 병원 수도사들이 향로의 연기를 회중 위로 뿜어냈지만 아무 소용 없었다. 썩어가는 살에서 나는 역겨운 냄새는 하늘 위로 퍼져나갔다.

루는 어머니가 있는 곳까지 기어가 잔기침을 하며 어머니의 관심을 끌었다. 하지만 티에네트 멜록의 상태는 너무 절망적이라 루를 보고도 거의 반응이 없을 정도였다. 혹시 그녀는 열에 들떠 환각을 보고 있다고 생각하는 걸까?

"엄마."

루가 속삭였다.

이 한마디가 그녀의 시선에 생기를 불러일으켰다.

"너니?"

그녀가 말했다.

루는 주머니에서 병을 꺼내 마개를 열었다. 그리고 괴저가 퍼지고 있는 어머니 팔에 향유를 한 방울, 두 방울 떨어뜨렸다. 유년 시절의 모든 신선한 향기, 시트로넬라 향, 익은 자두 냄새, 침대 시트 밑에 넣은 라벤더 향기, 오렌지꽃 내음이 예배당 안의 악취를 밀어냈다. 향기는 사제들의 목소리에 실려 예배당의 둥근 천장 위로 올라갔다가 아편 향이 섞인 무거운 층을 이루며 나환자들 위로 내려앉았다. 나환자들은 노래하는 대신 하품을 해댔다. 그러고는 바닥에 고개를 대고 부드러운 엄마 품에 잠든 것 같은 따뜻함을 느꼈다.

그때 루와 루의 어머니는 이미 그곳에서 멀리 떠나 비탈 선생의 말 위에 오른 후였다.

루가 떠난 후 비탈 선생은 카고와 마을 사람들을 진정시키려고 그들과 대화를 나누었다. 하지만 그의 등뒤에서 장 드바가 사람들의 가슴에 불을 지폈다.

"마녀가 우리 밭에 우박이 떨어지게 만들었어요. 그 여자가 구름을 몰고 옵니다."

피에르 랑그르 법관은 눈을 깜박이며 그의 말에 수긍했다. 이 소녀를 손안에 넣는 즐거움을 맛볼 수만 있다면.

어느 아침, 비탈 선생은 무겁게 짐을 꾸려 산을 향해 떠났다. 먹을 것과 어린 마녀를 치료할 약을 가지고 가는 길이었다. 냇가에 다다랐지만 그는 거기서 마고를 찾을 수 없었다. 하지만 루가 미리 그에게 일러주었었다. 비탈 선생은 숲속 깊이 들어가, 전나무 아래 숨어서 나뭇잎으로 만든 침대 위에 누워 떨고 있는 마녀를 찾아냈다. 선생은 소녀의 아름다움에 말없이 감탄하며 그녀를 팔에 안았다. 그는 소녀를 햇빛이 드는 곳에 앉히고 먹을 것을 한 입씩 떠넣어주었다. 소녀는 완강하면서도 자포자기한 채 그가 하는 대로 가만히 자신을 내맡겼다.

"내가 두렵지 않으세요?"

그녀가 작은 목소리로 물었다.

비탈 선생은 아무 말 없이 미소만 지었다.

"사람들은 내가 악마와 거래를 했다고……"

"내가 아는 유일한 악마는 바로 내 가슴속에 있다."

비탈 선생은 그 말을 하면서 가슴을 죄어오는 통증을 느꼈다. 그의 젊은 아내. 너무도 어린 아들. 그들이 거기 있었다. 죽었지만 살아 있는. 살아 있지만 죽은.

"너를 치료할 것을 가져왔다. 네가 보다시피 나도 마술사란다."

비탈 선생은 감정을 추스르려고 애쓰며 말했다.

그는 벨라돈나와 수레국화를 정확한 비율로 측정하여 직접 물약을 만들었다.

"슬퍼하고 계시군요."

어린 마녀는 의사의 차가운 손 위에 자신의 뜨거운 손을 올려놓으며 말했다.

그는 슬펐다. 하지만 다시 꿈에 사로잡혔다. 루와 마고를 구하여 데려가서 함께 살 것이고 노년에는 금발의 손주들과 함께 지내리라.

“개들이……”

마고가 중얼거렸다.

의사는 귀를 기울였다. 멀리서 개 짖는 소리가 들렸다. 서로 화답하며 짖는 농가의 개들이 아니라 사냥 나갈 준비가 되어 있는 개들이 짖어대는 소리였다. 마녀 사냥. 비탈은 소녀를 다시 품에 안고 숲속으로 들어갔다. 의사는 매우 건장했다. 하지만 한 시간이 지나자 현기증이 나서 소녀를 내려놓아야 했다. 그는 앉아서 생각에 잠겼다.

법관과 교구위원을 선두로 사냥몰이를 시작한 마을 사람들은 결코 포기하지 않을 것이다. 유일한 구원의 희망은 보르도다. 그곳에는 막강한 권력을 가진 그의 친구들이 있었다. 하지만 산 속에서는 왕의 주치의도 쫓기는 한 마리 짐승에 불과했다.

해가 질 때까지 그는 보르도를 향해 바로 가고 있는지조차 모른 채 계속 걸었다. 마고는 때로는 그의 팔에 매달려 때로는 그의 품에 안겨서 앞으로 나아갔다. 이제 추격에서 벗어났다고 생각한 비탈 선생은 잠시 쉬고 싶었다. 그는 배낭에서 먹을 것을 꺼냈다.

“개들이……”

마고가 중얼거렸다.

그들이 가까이 와 있었다. 비탈 선생은 지쳐서 한숨을 내쉬었다. 그는 일어서면서 한 번도 느껴보지 못한 극심한 통증이 심장을 죄어오는 것을 느꼈다. 그는 얼굴을 찌푸리고는 거의 마고에게 의지하다시피 해서 다시 길을 걸었다.

"애야, 내 말을 잘 들어라. 만약 내가 죽으면……"

"아니에요, 비탈 선생님!"

"만약 내가 죽으면 내 돈주머니를 가지고 가거라. 이제 네 것이다. 내 말 알겠니?"

"예, 비탈 선생님. 하지만 신께서는 선생님께 더 긴 생명을 주실 거예요."

"이 세상에 악마는 없고 또…… 서두르자!"

개들이 아주 가까이 와 있었다. 밤이 깊어지자 의사와 마녀는 발 딛을 곳조차 분간되지 않는 비탈길을 급히 내려갔다. 비탈길 아래로 길이 나 있었다. 보르도로 가는 길. 그들은 말이 달려오는 소리를 들었다.

"그렇다면 좋을 텐데. 만약 저게 루라면……"

비탈 선생이 중얼거렸다.

루였다. 루는 혼자였다. 어머니는 아르젤레의 카고 마을에 안전하게 내려드리고 오는 길이었다.

"비탈 선생님! 마고! 워워!"

루는 말 아래로 뛰어내렸다. 비탈 선생은 루의 품안에 쓰러졌다.

166

"그들이 온다. 도망쳐라, 내 아이들아. 파리로 가거라."

선생이 더듬더듬 말했다.

그는 루와 마고에게 돈주머니를 내밀었다.

"비탈 선생님, 우리와 함께 가요! 말에 오르세요. 선생님은 지치셨어요."

루가 그에게 애원했다.

"그래. 나는 지쳤다."

비탈 선생이 희미한 미소를 띠며 말했다.

그는 심장이 터질 듯한 통증을 느끼며 길에 무릎을 꿇고 쓰러졌다.

"내가 한 게 뭐지? 평생을 살면서 내가 한 게 뭘까?"

그가 중얼거렸다.

그들이 거기, 그의 앞에 있었다. 그토록 젊은 아내와 너무도 어린 아들.

"네가 잘했도다."

한 음성이 그의 귀에 속삭였다.

루는 주머니를 뒤졌다. 향유병, 빨리, 향유병을! 마고는 비탈 선생의 머리를 받쳐서 자신의 품에 안아 눕혔다. 마침내 루가 기적의 향유병을 찾아냈다. 그는 어머니를 구한 것처럼 비탈 선생을 구하려고 했다. 그는 병마개를 열고 선생 옆에 쭈그리고 앉았다.

"비탈 선생님, 향유를 들이마시세요! 비탈…… 안 돼!"

루의 외침이 산에 부딪혀 메아리로 돌아왔다. 안 돼! 안 돼! 안 돼!

몇 달이 지났다. 피에르 랑그르는 왕의 주치의의 죽음에 대해 책임을 져야 했다. 그는 보르도의 공공 광장에서 고문을 받은 후 능지처참에 처해졌다. 장 드바는 페스트로 죽었다. 장 멜록과 그의 아내 티에네트는 아르젤레의 카고 마을에서 그리 행복하지도 그리 불행하지도 않게 살았다.

몇 년이 지났다. 루는 건축가가 되어 파리의 생 자크 탑*을 세웠다. 아름다운 마고와 결혼했고 첫번째 태어난 아들에게 비탈이라는 이름을 지어주었다.

루는 기적의 향유를 간직하고 싶지 않았다. 비탈 선생을 살리지 못한 것을 원망했던 걸까? 어느 날 그는 파리의 생 라자르 나환자 수용소를 방문하여 나환자들을 치료하는 병원 수도사에게 향유를 건네주었다. 향유는 불행한 자들을 구하는 데 유용했다. 한 방울, 두 방울이면 족했다. 하지만 향유는 어느 나환자에게 도둑

---

* 생 자크 드 부슈리 성당에 유일하게 남아 있는 고딕 양식의 건축물. 과거 생 자크 드 콩포스텔을 향해 떠나는 각국의 순례자들이 결집하던 장소로 알려져 있다(옮긴이).

맞은 후 결국 사라져버렸다.

루는 의사 선생님을 결코 잊지 않았다. 인생의 황혼이 다가온 어느 날, 모두 금발이지만 카고도 마녀도 아닌 많은 손주들이 자기를 둘러싸고 있는 것을 바라보며 루는 가슴속 조용히 다시 되뇌었다.

"비탈 선생님, 당신의 죽음은 헛된 게 아니었어요."

혁명 시대

1848년

호랑이도 제 말 하면 온다더니

"이렇게 작고 기이한 물건을 본 적 있나?"

콜레주 드 프랑스의 노교수 필리스탱 르 리요네가 물었다.

그는 유리 진열장에서 가넷으로 장식된 황금망에 싸인 유리병 하나를 조심스럽게 꺼냈다. 붉은색 향유가 바닥에 닿을 듯 조금 담겨 있었다. 젊은 카미유는 향을 맡아보고 싶은 생각이 전혀 없었다.

"이 병은 아주 놀라운 내력을 가지고 있지."

르 리요네 교수가 말을 이었다.

카미유 드 생 제랑은 참을성 없는 망아지처럼 구두 뒤축으로 발을 굴렀다. 노인의 지루한 이야기나 들으려고 온 게 아니었다. 그는 르 리요네 양이 돌아오기를 기다리고 있었다. 그녀를 사랑하기 때문은 아니었다. 댄디*는 자신의 말(馬)만 사랑할 뿐이다. 하지만 그는 그 계절이 끝나기 전에 르 리요네 양과 잘 수 있다며 내기를 건 짓궂은 친구 폴 도베르의 부탁으로 그녀에게 연애편지를 전해주어야만 했다. 가엾은 노교수 필리스탱은 아무것도 의심하지 않고 여자 같은 외모의 이 미남 청년을 진심으로 대했다.

"자, 자, 한번 잡아보게. 쉽게 깨지지는 않네."

교수는 카미유에게 병을 내밀며 말했다.

청년은 불쾌하다는 듯한 몸짓으로 거절했다. 댄디는 결코 자신의 관심을 드러내는 법이 없다.

"전설에 따르면 이 병에는 마들렌 마리아(예전에는 막달라 마리아라고도 불렀고 종종 베다니 마을의 마리아와 혼동되는 경우도 있었던)가 예수님의 발에 부으려 했던 향유가 들어 있지. 예수는 그런 그녀를 막으며 자신이 죽은 다음 장례를 치를 때 쓰도록 향유를 보관해두라고 했네."

교수는 학구적이면서도 비웃는 듯한 투로 말했다. 물론 그는 자신이 하는 이야기를 전혀 믿고 있지 않았다. 하지만 이야기를 계속했다.

"이 향유는 마들렌 마리아가 여행할 때 동방에서 서양으로 전

---

* 1848년 당시 유행을 선도하던 젊은 남성들을 일컬음.

174

해졌을 것이네. 그녀는 남매인 나사로와 함께 갈리아로 왔을 것이고 엑상프로방스 근처에서 죽었을 것이네."

"왜 '전해졌을 것'이고, '왔을 것'이죠? 어쨌든 향유는 바로 여기 있는데."

젊은 카미유는 조급증을 내보이며 아주 우아하게 몸을 뒤로 젖히면서 그 사실을 지적했다.

필리스탱 브 리요네는 온화한 미소를 지었다.

"이보게, 이 이탈리아 산 병은 11세기에 만들어진 것이네. 예수가 살던 시대의 것이 아니란 말이세. 베즐레 수도원의 한 사제가 만들어낸 가짜 성유물이네. 참, 병에 얽힌 이야기 중 가장 재미있는 부분을 빠뜨렸군. 이게 기적의 향유라네. 하, 하, 하!"

콜레주 드 프랑스의 르 리요네 교수는 카미유가 깜짝 놀랄 정도로 크게 웃었다.

"이 향유는 나병까지 고친 걸로 유명하지. 단 두 방울이면 족하다나. 하, 하, 하!"

필리스탱은 즐거워했다.

그는 병을 흔들어 바닥에 조금 남아 있는 향유를 흩뜨리고는 깊은 생각에 잠겼다.

"미신에 눈먼 지난 수세기! 과학이 인간들의 눈을 뜨게 하는 데는 참으로 많은 시간이 걸렸지. 다행히도 시대는 변했네……"

필리스탱 르 리요네는 굵은 손가락으로 조심스럽게 병마개를 열고는 냄새를 들이마셨다.

"윽, 썩었어. 상한 생선 냄새가 나는군."

그는 병을 책상 위에 놓고 창 쪽으로 시선을 옮겼다. 1848년 2월 22일 오후, 밖에는 비가 내리고 있었다. 아침부터 가는 비가 쉬지 않고 내리며 파리를 축축하게 적셨다.

"우울*해지기 딱 좋은 날씨군요. 르 리요네 양을 만날 수 있는 기쁨을 누릴 수 있을까요?"

카미유는 '기쁨'이나 '행복'이라는 말을 할 때마다 치과에서 자기 차례를 기다리고 있는 남자 같은 태도를 보였다.

"내 딸은 외출했네."

필리스탱은 당황하며 대답했다.

오랫동안 홀아비로 지내며 딸을 혼자 키운 르 리요네 교수는 딸의 교육만큼은 성공하지 못했다. 영국인 보모 손에서 자라다가 독일인 가정교사에게 맡겨진 그의 딸은 다른 사람의 의견은 듣지 않고 자기 마음 내키는 대로 행동하는 아가씨가 되었다.

"일부 지역에서는 소요가 있는 것 같은데, 뭐 아는 거 있나?"

교수는 걱정스럽게 물었.

---

* 1848년에는 우울이 하나의 유행이었다.

"뭐, 고작 어린애들 몇 명이 '기조* 타도!'를 외치고 있죠."

카미유가 대답했다.

사실 카미유는 거리에서 '빵과 일자리를 달라!'고 외치는 작업복 차림의 노동자들, 서로 팔짱을 끼고 '개혁 만세!'를 외치는 학생들과 마주쳤다. 젊은 댄디 카미유는 콩코르드 광장을 가로지르면서 군중과 대치하고 있는 군사들을 보았다. 가끔씩 기병들이 조금 빠르게 돌격하면 대학생들은 웃기나 욕설을 내뱉으며 흩어졌다. 젊음은 죽음과 맞닿아 있었다. 한편 제60대대 병사들은 광장 한가운데서 명령에 따라 왈츠와 폴카를 연주하고 있었다.

"군대가 움직이고 있지만, 다 블러프**죠."

카미유는 습관처럼 영어 단어를 섞어 쓰며 하던 이야기를 마쳤다.

"어쨌든 내 딸이 어서 돌아왔으면 좋겠는데."

그 말에 대답이라도 하듯 현관문 열리는 소리가 났다.

"호랑이도 제 말 하면 온다더니."

카미유는 그녀일 거라고 추측했다.

곧 서재 문을 힘차게 밀치고 젊은 여자 한 명이 들어왔다. 그녀

---

* 당시 프랑스의 총리.
** bluff, '속임수' '허풍' '허세'를 뜻하는 영어 단어.

는 흠뻑 젖은 망토 끈을 잡아당겨 예쁜 금발 곱슬머리를 내놓고 천장을 향해 모자를 던지며 외쳤다.

"개혁 만세!"

카미유 드 생 제랑은 그녀에게 몸을 숙여 인사했다.

"안녕하세요, 루 양."

'화려한 꼬리를 펼치며 유혹하는 공작새. 이런 유형의 남자들은 머릿속에 든 게 아무것도 없지.'

루는 건성으로 그의 인사에 답하며 마음속으로 생각했다.

"거리에 있는 게 무섭지도 않니, 아가?"

늙은 아버지가 물었다.

"무서워요?"

루는 웃음을 터뜨렸다.

"시 외곽 노동자들이 얼마나 친절한데요. 그들은 내가 지나갈 수 있게 바리케이드 하나를 열어주었어요. 전 이렇게 외쳤죠."

루는 두 팔을 공중으로 들어올렸다.

"루이 필립 타도! 공화국 만세!"

"바리케이드! 바리케이드도 쳐져 있단 말이냐?"

교수는 공포에 사로잡혔다.

"흥! 아이들이 겨우 의자 세 개 쌓아놓은 걸 가지고. 젊은 아가씨에게는 인상적일지 모르지만 그런 것으로 군대를 동원시킬 수는 없죠."

젊은이는 비웃었다.

"아, 그래요! 그럼 그쪽은 넥타이나 조끼 같은 당신의 관심사에 대해서나 말씀하시지 그래요."

루가 맞받아쳤다.

'페어플레이 하자.' 카미유는 이성적인 판단을 내렸다. 하지만 그는 냉정함이 날갯짓하며 날아가버리는 것을 느꼈다. 그는 우아하게 몸을 숙여 경의를 표했다.

"제대로 맞히셨군요. 나는 내 넥타이에만 신경 쓰고 국가의 운명을 이끄는 것은 여성분들의 손에 맡겨두었죠."

"사실 이제 여자들이 참여해야 할 때가 왔어요. 정말 쓸모없는 인간들도 선거권을 가지는데, 당신은 남자고 나는 여자라는 이유만으로 내가 선거권을 가지지 못하는 현실을 생각하면 바리케이드를 치고 거기에 올라설 이유는 충분하죠!"

이번에는 루가 몸을 숙여 경의를 표하며 응수했다.

가엾은 교수는 갑갑해서 셔츠 깃을 잡아당겼다.

"자, 자, 내가 차와 과자를 내오지. 그럽시다. 자, 우리 차 한잔 듭시다. 그게 좋지 않겠소, 선생?"

교수는 재빨리 말했다.

그 '선생'은 우울한 표정으로 수긍하고는 젊은 반란자 아가씨에게서 등을 돌렸다. 카미유는 태연한 척하기 위해 책상 위의 향유병을 쥐고 마개를 열었다 닫았다.

교수는 부엌으로 피해버리고 두 젊은이만 남았다. 작은 방 안에는 적대감이 실린 두 사람의 숨소리와 벽난로에서 장작 타는 소리만 들릴 뿐이었다. 카미유가 마음을 단단히 먹고 말을 꺼냈다.

"만약 제 말이 불쾌하셨다면 죄송합니다. 제 사과를 받아주세요."

댄디는 결코 용서를 구하지 않는다. 하지만 카미유는 이 아가씨에게 폴 도베르의 편지를 전해야 하는 자신의 임무를 잊지 않고 있었다. 그는 편지를 찾기 위해 주머니를 뒤졌다.

"사과하실 것 없어요. 결국 당신도 한 남자에 불과한 걸요."

루가 대답했다.

카미유는 깜짝 놀라 주머니 뒤지는 것을 멈추었다.

"뭐라고 하셨죠?"

"'당신도 한 남자에 불과하다'고 했어요. 그러니까 당신도 여자에 대한 온갖 선입견을 가지고 있다는 거예요. 당신에게 젊은 여자란 모든 것을 두려워하고 정치는 전혀 이해하지 못하는 어리고 사랑스러운 한 마리 동물이겠죠."

카미유는 교수의 책상에 앉아 학자같이 태연한 자세를 취했다. 그러다가 자신도 모르는 사이에 책받침 위로 향유병을 넘어뜨리고 말았다. 병은 마개가 제대로 닫혀 있지 않았다.

"훌륭한 교육을 받은 저는 여성을 동물 취급해선 안 된다고 배웠죠. 하지만 그 나머지에 대해서는 제 생각을 정말 놀랍게도 그대로 말씀하셨습니다."

그가 대답했다.

"그러시겠죠. 만물박사인데다 두려울 것 하나 없는 남성분……"

마개가 열린 병에서 피처럼 붉은 향유가 한 줄기 흘러나왔다.

"……당신은 내일 파리에 가득한 화약 냄새를 맡게 될 거예요."

그 순간, 두 젊은이는 놀라 서로 쳐다보았다. 작은 서재 안에 어떤 향기가 퍼지고 있다. 화약 냄새는 아니었다. 붉은 얼룩이 책받침 위에 퍼져가는 동안 부드러운 베르가모트와 까막까치밥나무 향이 병에서 흘러나왔다.

"무슨 냄새가…… 나는 것 같지 않아요?"

루는 코를 찡그리며 중얼거렸다.

어디에서인가 신비한 바람이 불어와 두 젊은이에게 바닐라 향과 파출리 향을 실어다주었다. 카미유가 정신 나간 사람처럼 일어나 루에게 다가갔다. 사향과 용연향이 나는 축축한 회색 연기가 두 사람을 감쌌다.

"당신을…… 당신을 사랑합니다. 작년 겨울 에스티삭 공작부인이 연 무도회에서 처음 본 순간부터 사랑하게 되었습니다.”

카미유가 더듬거리며 말했다.

사실 그는 그날 파티 내내 르 리요네 양의 촌스런 모습을 비웃고 있었다.

“오, 카미유, 이런!”

루는 댄디의 붉은 조끼 아래로 자신만을 위해 존재하는 한 남자의 심장이 뛰고 있다는 사실을 알고 있었다. 마법의 향유에서 흘러나온 향에 취한 두 사람은 서로 껴안고는 숨이 가쁘고 다리에 힘이 빠질 정도로 격정적으로 키스했다. 문이 열리자 바람이 연기를 몰아갔다.

“자, 자, 차를 가져왔습니다.”

루는 카미유에게서 떨어져 상처입은 새의 비명 같은 소리를 지르며 재빨리 방을 나갔다.

“아니, 두 사람 아직도 화해하지 않은 건가?”

늙은 교수는 유감스러워했다.

그는 향유병이 책밤침 위에 쓰러진 것을 보았다.

“아, 향유가!”

그는 병을 바로 세웠다. 바닥에 붉은 액체는 몇 방울만 남아 있을 뿐이었다.

“아, 안타깝군! 11세기 향유였는데! 냄새는 역하지만 역사적

의미가 있는 것이었는데……"

필리스탱 교수는 안타까워했다.

교수가 유리 진열장 안에 향유병을 다시 집어넣는 동안 카미유는 책상으로 다가갔다. 그는 향유가 스며든 압지 조각을 재빨리 뜯어내 그것을 접어 프록코트 주머니 안에, 손수건 아래, 심장 위, 바로 거기에 집어넣었다.

일촉즉발의 파리

삼십 분 전부터 루는 꼼짝도 않고 서서 빗방울이 창에 부딪혀 부서지는 것을 바라보고 있었다. 음울한 밤이 될 것이다. 루의 마음도 그럴 것이다. 나에게 무슨 일이 일어난 거지? 그녀에게는 기숙학교 아가씨다운 점이 하나도 없었다. 그녀의 영웅이자 모델은 작가이며 사회주의자인 조르주 상드 부인이었다. 카미유 드 생 제랑이 잘생긴 청년인 건 사실이지만 옷차림에만 정신이 팔려 있는 사람이기도 했다. 루는 왜 자기가 그의 품에 와락 안겼는지 이해할 수 없었다. 설명할 수 있는 이유가 있기는 했지만, 정말 믿을 수 없는 것이었다! 서재에 가득 퍼진 향기가 감각을 마비시킨 거다. 쓰러진 향유병 안에서 흘러나온 향기였다. 하지만 저녁식사 중 르 리요네 교수는 병에 조금 남아 있는 향유에서 여전히 지독

한 냄새가 난다고 말하며 그럴 리 없음을 암시해주었다. 루는 진상을 알아봐야겠다고 결심했다.

루는 작은 슬리퍼를 신은 발끝을 들고 조심스럽게 어둠 속에 잠긴 아버지의 서재로 몰래 들어갔다. 루는 어둠 속을 더듬어 유리 진열장을 찾은 후 열쇠를 돌려 진열장을 열고 향유병을 손에 넣었다. 들키지는 않을까 하는 걱정에 조금은 떨리는 마음으로 향유병을 꽉 쥐고 방으로 돌아왔다. 너무 세게 쥐어서 심장 박동이 손바닥에까지 울려 전해졌다. 아니면 향유병 안에 두근거리며 뛰는 심장이 있는 걸까? 이런 어리석은 생각을 하다니! 루는 그래도 침대 옆 탁자 위에 향유병을 급히 올려놓았다.

마음을 진정시킨 다음 마개를 잡아당겨 열고 기다렸다. 아무 일도 일어나지 않았다. 혹시 침실이 너무 넓어 향유의 향이 모두 사라져버린 걸까? 아니면 너무 조금이어서 아무 향도 나지 않는 걸까? 루는 병을 쥐고는 입구에 코를 대고 숨을 들이마셨다. 아무 냄새도 나지 않았다. 그렇다면 조금 전에는 꿈을 꾼 걸까? 그녀는 손가락 끝으로 병을 막고는 병을 뒤집었다. 루는 여인의 우아한 몸짓으로 귀 뒤에 향유를 발랐다. 한 방울, 두 방울. 귤과 레몬 나무가 발산하는 과일향이 그녀의 코끝을 간질였다. 재채기가 터져나왔다. 병을 닫는 순간 가슴에 갈고리로 쑤시는 듯한 통증이 왔다. 그녀는 놀라서 짧게 비명을 지르고는 두 손을 가슴에 올려놓았다. 눈에 보이지 않는 끈이 팽팽해지며 심장을 잡아당겼다. 낚여버렸다. 낚싯바늘에 걸린 물고기처럼 마음이 낚여버렸다.

"하느님, 맙소사."

루는 옷장에서 장화와 망토를 찾으며 불안에 사로잡혔다.

낚시꾼이 누구든 간에 놓아달라고 간청해야 했다.

카미유는 르 리요네 교수의 집에서 나올 때까지도 여전히 머릿속이 멍했다. 도대체 무엇이 나로 하여금 그 작고 차가운 여자를 품에 안게 만든 걸까? 하지만 그는 질문을 던지자마자 답을 알아냈다. 그녀를 사랑하고 있었다. 좋은 집안의 청년처럼 정중하게는 아니다. 하지만 갑작스럽게, 야생적으로. 카미유는 잠시 벽에 몸을 의지해야 했다. 그는 손에서 돌의 심장이 뛰는 것이 느껴졌다. 아니, 그가 잘못 알았다. 뛰는 것은 그의 심장이었다. 그 향유, 그 빌어먹을 향유 때문이었다. 그의 귓가에는 아직도 르 리요네 교수의 웃음소리가 들렸다. '기적의 향유라네, 하, 하, 하!'

카미유는 압지 조각을 뜯어낸 사실을 기억해냈다. 그것을 어디에 두었지? 주머니를 뒤지다보니 손끝에 폴 도베르의 편지가 만져졌다. 이 녀석! 그가 루의 주위를 맴돌고 있었다. 이제 두 사람은 연적이 되었다. 카미유는 그 편지를 잘게 찢어서 바람에 날려버렸다. 그리고 프록코트의 작은 주머니에 손을 넣었다. 반으로 접힌 압지는 손수건 밑에 바로 거기에 있었다. 카미유는 주머니에서 압지를 꺼내려 했지만 꺼낼 수가 없었다. 끈끈하고 붉은 액체 때문에 압지가 천에 달라붙어버린 것이다.

"자, 부르주아 양반, 이 전쟁에 참여할 거예요, 안 할 거예요?"

카미유는 누군가 싶어서 주위를 돌아보았다. 길에는 아무도 없었다.

"더 아래를 조준해야지."

같은 목소리가 말했다.

아래로 시선을 돌리자 한 소년이 눈에 들어왔다.

"부대는 탕플 거리에 있어요. 제기랄! 상점들을 부수고 있단 말이에요. 자, 남자들을 위한 포도주와 무기가 있으니 받아요!"

소년은 양손에 권총을 한 자루씩 들고 있었다. 그는 그중 하나를 카미유에게 내밀었다.

"고맙다, 애야. 네 이름이 뭔지 물어봐도 될까?"

"만약 짭새들이 내 이름을 물으면 아무것도 모른다고 해요. 자, 시민 양반, 난 이제 가야 합니다. 내 손으로 왕을 쫓아내야 하니까."

카미유가 잠깐 딴 생각을 하고 있는 사이에 소년은 사라져버렸다. 파리에는 이처럼 열기가 가득했다. 만일 폭동이 혁명이 된다면? 카미유의 손 안에서 권총이 고동쳤다. 무생물들인 너희도 심장이 있단 말이냐? 침묵에 잠긴 거리에서 청년 카미유는 소리 쳤다.

"시민들이며, 무기를 들고 일어나라!"

그래, 이제 알았다. 이 전쟁은 그의 전쟁이 되었다. 그는 조국에 공화국을 건설할 것이고 내일, 늦어도 모레는 르 리요네 양과 결혼할 것이다. 그녀는 더이상 그의 조끼에 대해 비웃지 않을 것이다. 그는 영웅이 되어 있을 것이기 때문이다. 결심을 굳힌 후 그는 탕플 거리를 향해 달려갔다.

루는 이미 밖에 나와 있었다. 그처럼 예쁜 아가씨가 폭동이 난 밤거리에 혼자…… 하지만 그녀가 걱정하는 것은 단 한 가지였다. 카미유를 찾지 못하는 것. 하지만 그녀는 그를 만나도록 마음이 인도해주리라 믿었다. 루가 카미유에게서 멀어질수록 끈은 더욱 팽팽히 당겨졌고 갈고리는 루의 가슴속을 더욱 깊이 파고들었다. 루가 정말로 고통받고 있다는 점만 제외하면 마치 물건 감추기 놀이 같았다. '맞혔어, 틀렸어' 하는.

루는 자신이 살고 있는 그랑주오벨 거리를 걸어내려와 생 마르탱 운하까지 갔다. 샛길을 통해 사람들의 외침, 물건들이 부딪치는 소리, 폭발음이 간간이 들려왔다. 부르주아들은 창문과 덧문을 닫아걸었다. 하지만 그중 일부는 잠자리에 들며 다음날 다시 무기를 들어야만 할 거라고 생각했다. 그들은 민중의 반대편에서 왕을 위해 싸울 것인가? 아니면 공화국을 위해 루이 필립 왕에 맞설 것인가? 국민군*은 그날 밤 그 시각까지 아직 결정을 내리지 못하고 있었다.

생 마르탱 대로(大路)에 도착한 루는 큰 감동을 느꼈다. 술에 취한 남자들은 총의 개머리판으로 문을 두드리며 외쳤다.

"부르주아들이여, 거리에 나와 동참하라!"

그들은 창살에서 떼내 만든 창이나 골동품점에서 훔친 야타간** 같은 기이한 무기들을 이따금씩 지나가는 행인들에게 나누어주고 있었다.

"이런, 공주님, 마차는 어디에 두고 오셨나? 제가 댁까지 모셔 다드릴까?"

한 남자가 루에게 말했다.

그는 몸을 제대로 가누지도 못했다. 루는 용케 빠져나갔다.

"병사들이 온다! 각자 알아서들 도망쳐라!"

누군가 소리쳤다.

실제로 분견대가 생 마르탱 대로를 통해 도착했다. 폭동을 일

---

* 필요한 군수 장비를 직접 조달, 지불할 만큼 부유한 부르주아들로 구성되어 있었다.

** 날이 굽은 터키 장검.

으킨 사람들은 "공화국 만세"를 외치며 흩어졌다. 잠시 후 다시 정적이 찾아왔다. 하지만 이곳에 불이 꺼지면 더 멀리서 다시 불이 켜졌다.

루는 탕플 거리와 포부르 뒤 탕플 거리 사이에서 망설였다. 먼저 왼쪽 길로 가보았다. 하지만 끈이 너무도 강하게 당겨지고 낚싯바늘이 너무 깊숙이 박혀와 재빨리 발걸음을 돌렸다. 루는 그녀보다 앞서 폭동을 일으킨 사람들이 가로등을 깨고 무기 상점을 약탈하며 휩쓸고 간 탕플 거리로 들어섰다. 언제부터인가 그녀는 등뒤로 한 사람의 발소리가 울렸다. 거리에는 움직임이 별로 없었기 때문에 루는 뒤에 따라오는 사람을 슬쩍 볼 수 있었다. 넓은 이마에 번민하는 표정을 한 남자였다. 그는 자신의 운명이 어떤지 알면서도 우연에 몸을 맡기고 걷고 있는 것처럼 보였다. 그의 심장도 하나의 실에 연결되어 있는 걸까? 루는 전율을 느끼면서 빗속을 다시 걷기 시작했다.

생트 크루아 라 브르토네리 거리에 이르렀을 때, 그녀는 또다른 감동을 느꼈다.

"멈춰! 지나갈 수 없다!"

소년들이 차도를 부수고 포석과 큰 통을 쌓아 통행을 막고 있었다. 그들은 바리케이드를 쳐놓은 곳에서 장난을 치고 있었고 초저녁이 지나면서부터는 행인들에게 통행료를 요구했다. 부르주

아들은 억지웃음을 지으며 동전 몇 푼을 건네주었다. 소년들이 무장을 하고 있었기 때문이다. 루를 불러세운 아이는 권총을 한 자루 가지고 있었다. 다른 한 자루는 카미유에게 건네준 뒤였다.

"안녕하세요, 후작 부인. 숙녀분한테는 통행료로 키스 한 번만 받죠."

소년이 루에게 말했다.

루는 아이의 귀를 잡아당겨주고 싶었지만, 꾹 참고 통행료를 지불했다.

"제기랄! 숙녀분한테서 좋은 냄새가 나는군."

소년이 얼굴을 붉히며 말했다.

그들의 뒤에서 웃음소리가 터져나왔다. 파리를 거닐고 있는 우울한 산책자였다. 그는 생 메리를 향해 비스듬히 돌아갔고, 루는 시청을 향해 계속 길을 나아갔다. 황급히 지나가는 발소리가 들려 루는 뒤를 돌아보았다. 아까 만난 그 소년이었다.

"기다리세요, 후작 부인! 오늘 저녁은 산책하기 좋을 만큼 날이 따뜻하지 않아요."

소년은 루에게 손에 들고 있던 권총을 내밀었다.

"몸을 보호하세요!"

루는 이번에는 진심으로 소년에게 키스해주었다.

루가 카미유를 찾은 것은 광장에 도착하기 직전이었다. 경쾌한 걸음걸이, 훤칠한 몸매, 긴 머리카락으로 그를 알아보았다. 카미유는 한 손으로는 바람에 날아가지 않도록 모자를 쥐고 있었고 다른 한 손에는 권총을 들고 아무렇게나 흔들고 있었다.

"카미유!"

카미유는 뒤돌아서서 실크 모자를 벗더니 공중에 대고 총을 쏘았다. 루가 카미유에게 달려왔다. 카미유는 자기 품에 뛰어드는 루를 가슴에 안고는 발이 땅에 닿지 않게 들어올려 한 바퀴 돌았다. 두 사람은 격정적으로 키스했다. 길 한가운데지만 마치 침대에 있는 것만큼이나 편안한 마음으로. 시청에서 무리들과 합류하기로 한 산책자는 두 사람을 더 잘 바라보기 위해 걸음을 늦추었다.

"사랑과 혁명."

그가 중얼거렸다.

거기에는 생각할 거리가 있었다. 그는 연인들을 스쳐가며 생각했다. '아니면 소설거리가.'

파리의 산책자

2월 23일 아침, 많은 파리 시민들이 절망에 빠진 한 가엾은 노인과 길에서 마주쳤다.

"제 딸, 혹시 제 딸을 못 보셨나요?"

시트가 잘 정돈되어 있는 작은 침대 옆에서 르 리요네 교수는 루의 흰색 슬리퍼를 찾았고, 침대 옆 탁자 위에 향유병이 마개가 열린 채 놓여 있는 것을 보았다. 하지는 루는? 증발해버렸다.

"선생, 딸애는 금발입니다. 부인, 그애는 아직 열여덟 살도 안 되었습니다."

교수는 딸의 행방을 묻기 위해 지나가는 사람들마다 소매를 붙잡아 세우는 중이었다.

"정말이지 오늘은 모두 정신이 없군요."

여인은 옆에 있는 남자에게 태연하게 말했다.

'뭐, 한 번 더 터진 것뿐이고 이게 마지막도 아닐 텐데……' 이렇게 생각할 정도로 여인은 이미 많은 폭동을 보았다. 한편, 밝아오는 하루는 아직 기진맥진하고 정리가 되지 않은 상태였고, 중요한 혁명의 비극적 즐거움이라고는 전혀 찾아볼 수 없었다.

내무대신은 빗속에 서서 땅 위에 세워진 바리케이드를 보고 비아냥거렸다.

"제대로 만들지도 못했군."

튈르리 궁전의 귀족들은 바리케이드를 농담거리로 삼았다.

"바리케이드가 너무 작은데? 파리 시민들의 체력이 전 같지 않다는 증거야!"

지칠 줄 모르고 밤새 파리 시내를 걸은 산책자는 루이 필립 국왕보다 파리를 더 잘 알고 있었다. 그는 아침 일곱시, 시청 광장에서 나는 첫번째 총격 소리를 들었다. 그리고 국민군이 시민들에게 무기를 건네주지 않으면 시민들이 국민군의 총을 빼앗는 것을 보았다.

"모두 1848년 2월 23일을 기억하게 될 것이오. 추모의 날이 될지 영광의 날이 될지는 모르지만, 국민군이 민중을 향해 총을 쏜, 가장 끔찍한 날이 되겠지. 형제가 형제를 죽이는 동족상잔의 비극!”

산책자는 술을 나르는 술집 주인에게 말했다.

술집 주인은 앞으로 일어날 일을 예언하는 넓은 이마의 남자를 존경의 눈빛으로 쳐다보았다. 하지만 그는 감히 반대 의견을 내놓았다.

“저런 조무래기들이 혁명을 일으킬 수 있다고 생각하십니까?”

지난밤 부르주아들에게서 통행세를 받던 소년이 그들에게서 멀지 않은 곳 의자에 막 앉으려던 참이었다. 산책자는 소년을 알아보고는 그를 향해 웃음을 지었다.

“남은 술을 비우지 않으실 겁니까, 동지?”

소년이 그에게 한마디 던졌다.

그는 소년에게 자신의 잔을 내밀었다. 소년은 단숨에 잔을 비웠다.

“이별의 잔입니다.”

소년은 사나이처럼 행동하며 말했다.

“자, 그게 다는 아니고. 아직 내가 죽으러 떠날 일이 남아 있어요!”

산책자는 걱정스런 눈빛으로 소년이 떠나는 모습을 지켜보았다. 만약 저 아이가 말한 게 사실이 된다면?

루와 카미유도 밤새 돌아다녔다. 정오가 되자 피로가 몰려와 두 사람은 카미유의 아파트로 올라갔다. 그들은 이미 서로에게 완전히 속해 있었고 너무 피곤하기도 해서 서로 껴안은 채 얌전히 잠을 잤다. 오후가 다 지나갈 무렵 대문 두드리는 소리, "어이, 생제랑!" 하고 여러 번 외치는 소리에 카미유는 잠이 깼다. 웃통을 벗은 채 얼이 빠져 있던 카미유는 창문을 열고는 길을 향해 몸을 숙였다.

"친구, 파티를 하려고 자네를 기다리는 중이네!"

폴 도베르가 그를 향해 소리쳤다.

그는 다른 동료 여러 명과 함께 인도에 서 있었다. 다들 조금 취해서 신이 난 것 같았다.

"우리는 의회의 해산을 원한다!"

폴은 희극배우처럼 장난스레 소리쳤다.

"필립 왕을 단두대로 보내자!"

다른 사람보다 더 많이 취한 한 친구가 덧붙였다.

"우리는 카퓌신 대로로 갈걸세. 모두 그곳으로 가고 있네! 노동자, 여자, 건달들까지! 자네와 라마르틴만 빠졌네!"

폴이 다시 말을 이었다.

"곧 내려가겠네!"

카미유가 웃으며 대답했다.

루는 오가는 대화를 듣고 서둘러 속치마 위에 원피스를 입었다.

"내 권총이 어디 있지?"

루는 마치 토시나 양산을 찾는 것과 같은 말투로 물었다.

"안락의자에 올려놓았어."

카미유는 깨끗한 셔츠를 찾으려고 빨래더미를 쓰러뜨려 뒤적이며 대답했다.

두 사람은 오래 같이 산 부부처럼 허물없이 이야기했지만 옷을 제대로 입지 못한 상태로 서로 마주 보았을 때는 두 사람 모두 얼굴을 붉혔다.

"어이, 생 제랑, 안 내려올 건가?"

폴이 길에서 소리쳤다.

친구들이 집 앞에서 너무나 소란을 피워 자칫하면 카미유와 이웃들 사이가 나빠질 지경이었다. 루가 카미유의 팔을 잡고 나타나자 다들 어색해해서 잠시 침묵이 흘렀다. 폴 도베르는 한쪽 눈썹을 치켜올리며 한마디 내뱉었다.

"아니, 둘이 그런 사이야?"

하지만 루는 장난으로 폴을 향해 권총을 겨누고는 웃으며 위협하듯 말했다.

"앞으로 걸어!"

그들은 작은 무리를 지어 카퓌신 대로를 향해 출발했다. 그들

은 여러 노래를 큰 소리로 부르며 즐겁게 갔는데, 루는 가사를 전
혀 알아들을 수 없었다. 밤이 되자 여러 무리들이 횃불과 깃발을
들고 그들과 합류했다. 젊은이들은 점차 엄숙해졌다. 술자리에서
나 부르는 노래 대신 프랑스 국가 라 마르세예즈를 합창했다. 그
들의 주위에는 검을 든 노동자, 총을 든 상점 주인, 국민군 제복을
입은 남자들이 있었다. 추운 겨울날이지만 군중 전체가 뜨겁게
달아올라 있었고 한 걸음 내디딜 때마다 무리는 점점 커지는 것
같았다. 적대적으로 싸울 준비가 된 걸까? 그 순간에는 아무도 이
에 대답할 수 없었을 것이다. 하지만 선두 지휘자들은 카퓌신 대
로로 가면 외무부가 나오리라는 것을 알고 있었다. 거기서 기조
를 체포할 수 있을 것이다.

"난 그 자식보다 덜 악랄한 사람들도 죽였어!"

1830년 혁명을 경험한 고참 하나가 아무나 들으라는 듯 말했다.

폴 도베르는 카미유에게 다가갔다. 그는 시위대 무리에 끼어
행진하면서도 친구의 귀에 대고 속삭이기에 아주 적절한 때라고
생각하고는 말을 꺼냈다.

"어때, 어여쁜 르 리요네 양이 더이상 필요 없어지면, 나에게
넘기는 것이?"

카미유는 권총 손잡이를 꽉 쥐고는 화가 난 목소리로 말했다.

"이봐, 나는 르 리요네 양을 사랑하고 있고 그녀와 결혼할 생각

이야."

폴 도베르는 행실은 나쁘지만 마음은 선량한 젊은이였다. 그는 카미유의 어깨를 꽉 잡고 말했다.

"내가 바보였네. 용서해주게."

라 페 거리 모퉁이에서 다른 사람들이 합류하여 시위대의 대열이 더욱 커졌다. 그들 중에는 땀에 흠뻑 젖어 우왕좌왕하고 있는 르 리요네 교수도 있었다. 그는 장화 신은 발끝을 들어올려 까치발을 하고는 대로를 행진하는 군중을 주의깊게 살펴보았다. 그러던 중 모자도 없이 걷고 있는 루의 금발의 광채가 불쑥 교수의 눈에 들어왔다.

"루! 루, 너냐? 기다려라!"

그가 소리쳤다.

하지만 군중의 대열이 너무 빽빽해 앞으로 나아갈 수가 없었다.

"루! 도와주시오! 지나가게 비켜주시오! 루, 어디 있느냐?"

가엾은 교수는 울음을 터뜨렸다.

몇몇 소년들은 그 소리를 듣고는 '늑대*야, 거기 있니?' 라고 말장난을 하며 그를 놀렸다.

"늑대야, 거기 있니? 뭐 하니?"

---

* 루(Lou)는 늑대를 뜻하는 루(loup)와 철자는 다르지만 발음이 같다(옮긴이).

"나는 큰 검을 들 거야. 그리고 필립의 엉덩이를 걷어차줄 거야."

터져나오는 웃음소리에 노교수의 울음소리가 묻혀버렸다.

외무부 건물 근처에 도착했다. 제14대대 군사 이백 명이 건물을 지키고 있었다. 이곳에서 카퓌신 거리까지는 아래쪽으로 바스뒤 랑파르 거리와 연결되어 있었다. 군중이 그 길로 가면 충돌은 피할 수 있었다. 하지만 맨 앞줄의 젊은 노동자들은 붉은 깃발을 흔들며 군대를 향해 나아갔다.

그들은 건물 안으로 들어가려고 했다.

"방진* 대형으로!"

대령이 소리쳤다.

제14대대는 마들렌과 바스티유를 향해 각각 하나씩 두 개의 방어진을 구축하며 명령에 복종했다.

"우리를 들어가게 해주시오!"

한 노동자가 외쳤다.

그의 뒤에는 횃불들이 끝없이 붉게 타오르고 있었다. 파리 시 전체가 행진하고 있는 것 같았다. 젊은 병사들의 가슴이 열에 들떴다.

---

* 군사를 사각형으로 배치하는 것.

"대대 만세!"

여자들은 대대 군인들의 마음을 움직이기 위해 소리쳤다.

하지만 대령은 명령했다.

"총검 앞으로!"

군대는 다시 한번 그의 말에 복종했다. 루는 군중을 헤치고 총검을 들어 조준하고 있는 병사들을 향해 다가갔다. 루는 젊은 남자 병사들 중 한 명의 눈을 똑바로 들여다보면서 손가락 끝으로 검을 치웠다. 청년은 웃으며 더듬거렸다.

"어, 아가씨……"

다른 여자들도 총검 앞에 매력을 드러내며 군복 안에 숨어 있는 남자들의 마음에 호소하며 다가갔다. 장교들은 위신을 잃게 되리라는 위기감을 느꼈다. 그들은 시위대에게 소리쳤다.

"바스 뒤 랑파르 거리로 가란 말이다!"

군중은 그들에게 야유를 보냈다.

"기조의 가죽을 벗겨 바지를 만들어 입을 거다!"

바리케이드라면 이골이 났다고 자신하는 사람이 고함쳤다.

그는 사람들을 선동하기 위해 한 손에 횃불을 들고 대령을 향해 나아갔다.

"가서 네 녀석 콧수염을 태워주마. 알겠냐, 이 등신아?"

대령 곁에는 부모님 말씀보다 대령의 명령을 더 잘 듣고 복종하는 중사가 한 명 서 있었다. 그는 선동자에게 총검을 겨누었다. 그들 옆에 있던 카미유는 총을 밀어내며 상황을 진정시키고자 했다.

"모두 진정하세요. 선량한 시민들끼리 대화로 풀어나갈 수 있잖아요."

1830년 혁명에 참여했던 고참이 투덜거리며 카미유를 밀쳤다.

"야, 이 부자 동네 자식이……"

그 남자는 다시 한번 대령에게 횃불을 들이댔다. 결국 그는 넘지 말아야 할 선을 넘고 말았다. 중사는 방아쇠 위에 손가락을 올려놓았다. 총알이 발사되었다. 남자는 그 자리에 쓰러졌고 그것은 학살의 시작을 알리는 신호가 되었다. 젊은 병사가 루에게 소리쳤다.

"엎드려!"

루는 총검을 든 병사들의 열 아래로 엎드렸다. 14대대의 두 중대가 군중을 향해 총을 쏘았고 수십 명의 남자, 여자, 아이들이 쓰러졌다.

"어서 도망쳐!"

젊은 병사는 루가 일어나도록 도와준 후 명령하듯 외쳤다.

화약 연기가 사라진 후, 병사들은 자신들이 저지른 일을 보고 공포에 휩싸였다. 병사들은 대열을 무너뜨리며 무턱대고 달리기 시작했다. 심지어 외무부 건물의 문을 두드리는 병사들도 있었다.

"제14대대, 열을 좁혀라!"

절망한 장교들이 소리쳤다.

한편 시위대는 난간을 뛰어넘어 바스 뒤 랑파르 거리로 달려갔다. 그리고 옆길로 흩어져 이렇게 외치면서 잠든 양심을 깨웠다.

"배신이다! 저들이 우리를 학살한다!"

루는 움식이는 군중을 따라 도망쳤다. 하지만 몇 분 후 카미유가 가까이에 보이지 않자 카퓌신 대로로 되돌아왔다. 거기서 루는 공포에 사로잡혔다. 부상자들이 도움을 호소했다. 머리에 구멍이 난 시체들이 바닥에 널려 있었다. 루는 횃불 하나를 들고 카미유를 찾던 중 축제를 위해 떠난 폴 도베르가 양팔을 십자로 교차시킨 채 평온하게 도로에 누워 있는 것을 발견했다.

"카미유."

루는 울먹였다.

주변에서 사람들이 부상자들을 일으키는 동안 루는 바닥을 살피며 카미유를 찾았다. 결국 벽에 등을 기대고 눈을 크게 뜬 채 한 곳만 노려보고 있는 그를 발견했다. 죽은 걸까? 죽어가고 있는 걸까? 루는 그의 앞에 무릎을 꿇었다.

"카미유, 대답해봐. 카미유, 살아 있는 거지? 말 좀 해봐."

"물론이야."

카미유가 대답했다. 자기가 무슨 말을 하는지도 모르고 내뱉는 대답이었다. 충격이 너무도 커서 아직까지 멍한 상태였다. 그는 총에 가슴 한가운데를 정통으로 맞았다.

"피를 흘리고 있잖아!"

루가 겁에 질려 소리쳤다.

멋진 프록코트가 피로 얼룩져 있었다. 붉고 선명한 피.

"아니야."

그의 손수건이 떨어졌다. 루는 주머니에서 뭔가 비죽 나온 것을 보았다. 향유가 스며든 압지였다. 총알은 압지를 통과하지 못했다.

"도와줘."

카미유는 루에게 손을 내밀며 말했다.

그는 일어나 거리에 펼쳐진 참혹한 광경을 목격했다. 사람들이 임시로 만든 들것으로 부상자들을 나르고 있었다. 노동자 두 사람이 죽은 사람들을 수레 한 대에 싣고 있었다. 남녀노소 가릴 것 없이 한데 실렸고 그들의 피가 섞여 판자를 타고 흘러내렸다. 그 중에는 폴 도베르도 있었다. 터져나오는 오열에 카미유는 몸을 가누지 못했다.

"복수해야 돼. 그의 원한을 갚아줘야 해."

그가 불타는 눈빛으로 말했다.

"그들 모두를 위해 복수해야지."

루가 화답하여 말했다.

흰 말 한 마리가 이끄는 처참한 영구차가 흔들거렸다. 학살당한 사람들의 아버지이자 형제요 친구인 창백한 얼굴의 한 남자가 한 손에 횃불을 들고 두 발을 피로 적시며 맨 앞에 서 있었다. 그는 말없이 팔을 뻗어 시신을 보여주었다. 수레 뒤에 올라탄 또다른 노동자 한 명이 외쳤다.

"복수하자! 복수하자!"

그는 한 젊은 여인의 시신을 양팔 가득히 안고는 때때로 시신을 인형처럼 흔들며 거리를 향해 무시무시한 소리를 반복해 외쳤다.

"복수하자!"

장례 행렬 뒤로 온 파리가 일어섰다. 우울한 표정의 산책자도 그 뒤를 따랐다. 그는 생각했다. '이제 더이상 폭동이 아니다. 이건 혁명이다. 위대한 일이 시작될 것이다. 걸어가자.'

그날 밤 수백 개의 바리케이드가 쳐졌다. 그중 하나는 보부르 거리까지 나가 있었다. 산책자는 거기서 걸음을 멈추었다. 그곳에 그 소년이 있는 것을 보았기 때문이다.

"너, 아직도 거기 있는 거냐?"

그가 부드럽게 소년에게 물었다.

"보시다시피. 그들이 날 반쯤밖에 죽이지 못했거든요."

소년이 대답했다.

소년의 머리에는 피로 얼룩진 하얀 붕대가 감겨 있었다. 산책자는 소년에게 말하고 싶었다.

'이제 그만 부모님이 계신 집으로 돌아가야지……'

하지만 이런 소년들에게는 거리가 집이며 가족이었다. 산책자는 바리케이드에 있는 연인들을 알아보았다. 그곳에 있는 거친 사내들은 루를 애정 어린 눈으로 바라보며 '꼬마 아가씨'라고 불렀다. 하지만 루는 그들이 있는 곳과 이웃한 집들을 비우면서 거리에 탁자와 의자를 내놓고 커다란 문의 경첩을 떼어내는 등 카미유와 똑같이 일했다. 시위대가 접수한 집들 중 한 곳에서 여자들은 침대 시트를 찢어 붕대를 만들었고, 남자들은 불 위에 주석과 납을 녹였다. 대전투를 준비하기에는 너무나도 좁은 부엌. 말은 거의 오가지 않았다.

"뷔조가 군대를 장악할 것 같아."

뷔조, 트랑스노냉 거리의 학살자!

"바리케이드 위에 깃발이 없는데."

소년이 말했다.

루는 카미유를 향해 돌아서며 말했다.

"당신 조끼."

댄디는 붉은색의 멋진 조끼를 벗어주었다. 그래서 붉은색 깃발이 바리케이드 위에서 휘날리게 되었다. 깃발이 막 꽂히고 나자 위험을 알리는 외침이 들렸다.

"군대다!"

초라한 바리케이드가 얼마나 버텨줄까? 모든 것은 병사의 수에 달려 있었다. 밤에 봉기한 시민들은 규칙적인 발소리를 들었다. 다가오는 소리는 처음에는 약했지만 점차 무겁고 힘찬 소리가 되었다. 병사들의 수는 많았다. 바리케이드는 곧 철거될 것이다. 젊은이들에게 말은 안 했지만 나이 든 사람들은 다들 살아남은 자들의 운명이 어떠리라는 것을 알고 있었다. 벽에 등을 기댄 채 총살을 당할 것이다.

갑자기 길 끝에서 총검을 앞세운 병사들의 첫번째 대열이 나타났다.

"항복하라!"

장교가 외쳤다.

"공화국 만세!"

소년이 앳된 목소리로 답했다.

"발사!"

장교가 응수했다.

건물 정면이 잠시 밝아지며 총탄이 바리케이드를 향해 빗발치듯 날아왔고 바리케이드를 뚫고 통과해 사방으로 퍼졌다. 봉기한 시민들 중 한 사람이 배를 정통으로 맞아 쓰러졌다. 루는 카미유의 곁에 꼭 붙어 함께 죽기를 바랐다. 하지만 카미유는 루를 가볍게 밀어냈다.

카미유는 두 번 껑충 뛰어서 바리케이드 꼭대기 깃발 옆에 섰다.

"당신들의 형제들을 죽이지 마시오."

그가 양팔을 벌리며 외쳤다.

자기는 끄떡없다고 생각하면서 카미유는 압지가 보호해주는 심장을 총탄을 향해 내밀었다.

"거총!"

장교가 명령했다.

일부 병사들은 가슴을 겨냥했지만 나머지는 머리를 겨냥했다. 병사들이 발사하려는 순간, 횃불 하나가 바리케이드 꼭대기에 서 있는 창백한 안색의 금발 여자를 비추었다. 울부짖는 한 사람의 소리가 보부르 거리를 가로질렀다.

"내 딸!"

밤새도록 병사들과 시위대의 뒤를 쫓아다닌 르 리요네 교수는 길 반대편 끝 바리케이드 위에 서 있는 루를 알아보았다.

"내 딸이야! 제발 쏘지 마시오!"

그는 넘어지듯 무릎을 꿇으며 외쳤다.

그가 오열하며 작은 소리로 말했다.

"저 아이는 아직 열여덟 살도 안 되었어요."

"발사!"

장교가 명령했다.

침묵이 답했다. 한 병사가 총을 내려놓으며 전투를 거부했다. 그의 곁에 있던 다른 병사도 총을 내려놓았다. 곧 전 군대가 무기를 발 아래에 내려놓았다. 몇 초가 지나자 시위대의 시민들이 바리케이드를 넘어와 병사들과 서로 부둥겨안았다. 루와 카미유는 바리케이드 위에 여전히 남아 있었다. 두 사람은 함께 손을 잡고 하늘을 향해 양팔을 올리며 외쳤다.

"프랑스 만세! 공화국 만세!"

"너무나 아름다운 광경이군!"

산책자가 중얼거렸다.

"어때요, 너무 놀라셨나보죠, 선생?"

그의 곁에서 누군가 빈정거리는 목소리로 물었다.

"너, 아직 있었구나?"

그가 놀라며 물었다.

"공화국 국민의 의무죠!"

소년은 군대식으로 경례했다.

몽상가는 소년을 바라보며 생각했다. '이 아이는 소설 속에나 나올 법한 인물이군! 1832년을 배경으로 하는……'

"이름이 뭔가?"

작가가 물었다.

"가브로슈*요, 동지. 당신은?"

"만약 짭새들이 내 이름을 물으면 아무것도 모른다고 말해주오."

그가 멀어져가자 소년이 그를 다시 불렀다.

"어, 사색가 양반! 유감이에요, 그렇죠? 내가 죽지 않았으니!"

그러자 그가 웃기 시작했다.

"내가 네게 말해주길 원하는 거냐, 가브로슈? 네가 잘했도다!"

---

* 빅토르 위고의 소설 『레미제라블』에 나오는 인물. 가브로슈는 파리의 창녀와 도둑들과 지내는 거리의 소년이나, 혁명이 일어났을 때 적극 가담하여 바리케이드 위에서 죽음을 맞이하는 것으로 나온다. 내용으로 미루어 본문에서 '산책자' '몽상가' '작가'라 칭해진 사람은 빅토르 위고임을 알 수 있다(옮긴이).

새 시대

2000년 1월 1일

프랑스에 다시 나타난 늑대

젊은 수컷 늑대는 전나무 사이를 빠른 걸음으로 나아갔다. 느긋하면서도 날랜 걸음걸이 때문에 늑대개와는 쉽게 식별되었다. 수컷은 갑자기 멈추어 서서 오줌을 눴다. 그리고 힘들게 뒤따라오고 있는 암컷을 떠올렸다. 수컷은 동행하는 암컷을 향해 아름다운 노란 눈을 돌렸다. 암컷은 절룩거리며 세 발로 걷고 있었다. 수컷 늑대는 암컷에게 다가가 주둥이를 핥으며 격려해주었다. 수컷은 목에 이상한 목걸이를 차고 있었다.

"그럼, 현재 프랑스에는 늑대가 몇 마리 있습니까?"
드 생 제랑 씨는 젊은 수의사에게 물었다.
"삼사십 마리요. 나는, 내 일은…… 늑대들이 왜 이탈리아를 떠나 이곳 메르칸투르에 정착하는지 알아내는 것입니다."

수위사 볼프가 단어 하나하나를 말할 때마다 독일어 억양이 들어갔다.

"사람들이 프랑스 알프스 산맥에 늑대들을 풀어놓았다고 생각하지는 않으십니까? 보주 산맥에 스라소니를 다시 정착시킨 것처럼 말입니다."

드 생 제랑 씨는 사냥꾼이었다. 사냥꾼인 그는 또다른 사냥꾼인 늑대를 싫어했다. 프랑스에 다시 늑대가 출현한 것이 무책임한 몇몇 환경운동가들 때문이라면 그는 자신이 문제의 사냥꾼을 사냥할 권리가 있다고 느꼈다. 하지만 볼프는 고개를 저었다.

"늑대들이 이탈리아에서 여기까지 스스로 왔다는 것을 증명하는 것도 내 일입니다."

드 생 제랑 씨의 딸은 저녁 내내 한마디도 하지 않았다. 젊은 독일 청년 볼프는 가끔씩 당황한 눈빛으로 그녀를 바라보았다. 그가 멀리서 루 드 생 제랑을 처음 보았을 때는 한껏 치장하고 있어서 그녀가 성숙한 여인이라고 생각했다. 하지만 가까이서 보니 그녀는 동그란 얼굴에 사춘기 여자아이 특유의 우울한 표정을 짓고 있었다.

"늑대에 관심을 갖는 건 당신 이름 때문인가요?"

갑자기 그녀가 그에게 물었다.

볼프는 당황해서 웃음으로 답을 대신했다. 그는 '볼프'가 실제로 '늑대'를 뜻하는 독일어지만 '루' 역시 불어로 '늑대'가 아니냐고 생각했다. 하지만 그는 할말을 찾지 못했다. 그는 소심한 청년이었으며 두 가지 언어를 쓰는 것이 다소 거북했다.

"어쨌든 나는, 늑대를 보면 총을 어깨에 올려 겨냥한 후 쏠 것입니다……"

그는 총을 쏘는 사냥꾼의 포즈를 취했다. 그때 팔꿈치가 선반에 부딪혔다.

"아빠, 향유병!"

루가 소리쳤다.

볼프는 두 손을 뻗어 바닥에 떨어져 깨질 뻔한 작은 유리병을 공중에서 잡았다. 젊은 수의사 볼프는 말은 느리지만 행동은 민첩하고 정확했다. 그는 드 생 제랑 씨에게 병을 내밀었다.

"아빠, 향유병은 유리 진열장 안에 안전하게 넣어두어야 한다고 제가 말씀드렸잖아요. 그 물건은 재산 가치가 있는 거예요!"

딸이 나무랐다.

"이게 뭐죠?"

볼프가 물었다.

자연스러운 불어를 구사하려고 노력하다보니 볼프는 무례한 사람처럼 불쑥불쑥 말하게 되었다. 루가 그를 쳐다보았다. '도대체 왜 끼어드는 거야?' 하는 눈빛이었다. 볼프는 얼굴이 붉어졌다. 하지만 드 생 제랑 씨는 그가 알고 싶어했던 것에 대해 설명해 주었다.

"이건 우리 집안 대대로 내려오는 아주 오래된 향유병이죠."

"향유요? 하지만 병은 비어 있는데, 아닌가요?"

수의사 볼프는 놀랐다.

"완전히는 아니에요."

드 생 제랑 씨가 대답했다.

병 바닥에 캐러멜과 같은 갈색 액체가 아주 조금 남아 있었다. 드 생 제랑 씨가 작은 유리병을 기울이자 붉은색의 기름진 액체 두 방울이 흐르다가 합쳐지고 다시 분리되었다. 향유 두 방울.

"이 향유에 얽힌 전설이 하나 있죠. 이 향유 두 방울이면 어떤 병이나 상처라도 나았다고 합니다. 1848년 내 조부께서……"

드 생 제랑 씨가 이야기를 시작했다.

"낯선 사람에게 그런 이야기까지 하실 필요는 없잖아요!"

딸이 그의 말을 끊었다.

볼프는 '낯선 사람'이란 말이 매정하게 느껴졌다. 갑자기 밤과 눈, 차가운 별들, 늑대 형제들이 그리워졌다. 오후에 그는 자신이 관찰하던 젊은 수컷 늑대가 바로 얼마 전부터 프랑스에 와 있다는 사실을 알았다. 두 살짜리 암컷이 수컷을 따라왔다. 젊은 수의사 볼프는 자신의 늑대에게 모르간이라는 이름을 지어주었다. 그 늑대는 추적이 가능하도록 발신장치를 단 목걸이를 하고 있었다. 볼프는 모르간을 사랑했다. 모르간이 속해 있던 무리에서 떨어져 나온 지금, 볼프는 모르간이 걱정되었다. 볼프는 드 생 제랑 씨 집 거실에서 두 부녀에게 서둘러 인사를 했다.

"안녕히 계세요. 제 늑대들은 죽이지 말아주세요. 부탁입니다."

그리고 독일어 억양을 과장해가며 덧붙어 인사했다.

"안녕히 계세요, 프랑스 아가씨."

모르간은 배가 고팠다. 그건 자유의 대가였다. 이 년 동안 모르간은 큰 사냥감 몰이에서 자기 역할을 다하고 무리의 우두머리 늑대, 어미 늑대, 어린 늑대들 다음에 먹이를 먹으며 우두머리 늑대에게 복종했다. 새끼 토끼나 다람쥐를 잡으면 새끼들을 먹이기 위해 굴로 가지고 갔다. 항상 굶주려 있는 새끼들을 먹이기 위해 가끔씩은 먹은 것들을 토해내기까지 했다. 그리고 뱃속이 빈 채로 태양빛에 길게 몸을 뉘었다. 그것이 무리의 법이었고, 모르간은 법에 복종했다.

하지만 어느 날 아침 일어나보니, 느낌이 이상했다. 모르간은 무리에서 멀리 떨어진 곳에서 잠을 깼는데 입 안이 끈적끈적하고 턱뼈가 묵직하게 느껴졌다. 목에 목걸이가 하나 걸려 있었다. 거

친 나무껍질에 아무리 몸을 비벼도 목걸이를 떼어낼 수가 없었
다. 모르간이 무리 쪽으로 돌아와보니 평소에는 모르간의 주둥이
를 핥으며 반기던 새끼들이 바닥에 바싹 몸을 붙이며 끙끙거렸
다. 우두머리 늑대는 이빨을 드러내고 모르간을 향해 으르렁거렸
고 어미 늑대는 털을 곤두세웠다. 모르간에게서 인간의 냄새가
났다.

모르간은 점차 무리 속에서 원래 자신의 자리를 찾아갔다. 모
르간보다 일 년 늦게 태어난 어린 암컷 늑대가 모르간에게 구애를
했다. 하지만 오직 우두머리 늑대와 어미 늑대만이 짝을 짓고 새
끼를 낳을 권리가 있었다. 매년 봄마다 새끼가 서너 마리씩 태어
나 먹여살려야 했고, 무리에게는 그걸로 충분했다. 우두머리 늑
대는 모르간의 격정을 잠재우기 위해 몇 차례 공격했고 어미 늑대
는 새로운 경쟁자인 암컷 늑대를 물고 먹을 것을 빼앗았다. 두 젊
은 늑대는 꼬리를 내리고 귀를 내려뜨리면서 한번 더 복종했다.

하지만 1999년, 다른 때보다 더욱 혹독한 추위가 더 빨리 찾아왔
다. 12월 어느 날 밤, 먹이가 부족해지자 모르간은 다른 곳으로 떠
나기로 결정했다. 젊은 암컷 늑대가 모르간을 따랐다.

12월 26일 아침, 두 늑대는 증오심이 그들을 기다리고 있다는
사실도 모른 채 다른 밀입국자들처럼 프랑스로 넘어왔다. 12월
28일 정오가 조금 지났을 무렵 사냥꾼임을 자부하는 한 남자가

총을 겨냥하여 발사했다. 법으로 보호받는 두 살짜리 암컷 늑대를 향해.

　이제 태양이 질 것이다. 모르간은 암컷을 핥아주었다. 암컷이 걸어온 길 뒤로 핏자국이 길게 나 있었다. 암컷은 앉아 있었다. 하지만 곧 몸을 길게 펴고 누워서는 황금빛 눈을 감았다. 모르간은 오랫동안 배고픔과 두려움을 느끼면서 암컷 늑대를 발이나 주둥이로 살짝 건드려서 다시 일어나도록 격려해보았다. 결국 모르간은 아무 소리 없이 바람 냄새를 맡으며 어둠 속으로 멀어져갔다. 암컷은 죽었고 이제 모르간은 혼자였다.

숲으로 산책하러 가자

볼프는 깜짝 놀랐다. 그는 죽은 암컷 늑대를 조사하기 위해 열 번이나 몸을 굽혔다. 죽은 시각은 빨라야 지난밤이었다. 볼프는 하얀 눈 위로 반사되는 햇빛에 눈이 부신 것처럼 눈을 깜박이며 열 번이나 몸을 일으켰다. 사실 그는 울고 싶은 마음을 간신히 억누르고 있었다.

"상처는 치명적인 게 아니었습니다. 넓적다리에 총알이 하나 박혔죠."

슬픈 광경을 발견한 산악 경비대원이 말했다.

눈 위에는 아직도 붉은 핏자국이 길게 나 있었다. 암컷 늑대는 탈진하여 죽은 것이었다. 중간에 멈추었더라면 살 수도 있었을 것이다. 하지만 모르간은 억지로 암컷이 계속 앞으로 나아가도록 했다. 총을 쏜 인간에 대한 두려움 때문이었다.

'모르간, 그러지 말았어야 했어. 네 암컷 늑대를 쉬게 했어야지. 이제 너는 혼자야.'

볼프는 자신이 늑대의 목에 걸어놓은 목걸이가 자신과 모르간을 텔레파시로 연결해주기라도 하는 듯 종종 모르간에게 말을 걸었다.

'이제 너는 여기 사는 무리를 찾아야만 해. 혼자 있으면 위험하고, 너도 위험한 존재가 되고 말아.'

마지막으로 볼프는 몸을 숙여 암컷 늑대의 아름다운 갈색 털 위에 손을 올려놓았다.

"묻어주는 게 좋겠어요…… 이 녀석이 먹히는 걸 원치 않아요."

그는 산악 경비대원에게 말했다.

그는 한 번 더 말했다.

"이 녀석이 먹히는 걸."

볼프는 자신의 감정을 잘 조절한 후 일어나 산 아래 저지대 쪽으로 내려갔다.

마을에 도착해서 집을 향했다. 놀랍게도 드 생 제랑 양이 집 문 앞에서 초인종을 누르고 있었다.

"안녕하세요! 성 실베스트르 축일 파티에 초대하러 왔어요."

루의 감정은 바람에 움직이는 풍향계만큼 빨리 변했다. 전날 식사 시간 동안 루는 볼프가 촌스럽고 지루한 사람이라고 생각했다. 하지만 떠날 때 상처입은 듯한 모습을 보고는 갑자기 그에게 높은 점수를 주게 되었다.

"나를 초대한다고요?"

수의사 볼프는 깜짝 놀랐다.

생 제랑 가족과는 이제 사이가 멀어질 거라고 생각했기 때문이다.

"아, 좀 지겹긴 할 거예요! 할머니들도 있을 테니까. 그래도 혼자 있는 것보단 낫죠."

루는 웃으며 말했다.

볼프는 모르간을 생각하고는 그 말에 수긍했다.

"하지만 나 역시, 나도 지루하지 않나요?"

모호한 태도로 그가 말했다.

"맞아요. 하지만 재활용 문제나 독일 녹색당 정책에 대해 억지로 얘기하실 필요는 없을 테니까요!"

그게 지난밤 저녁식사 시간의 대화 주제였다. 볼프는 점점 더 화가 났지만 루는 그런 사실조차 깨닫지 못하는 것 같았다.

"초대해주신 건 감사합니다만, 저는 가지 못한 것 같습니다."

그는 다시 고쳐 말했다.

"저는 가지 못할 것 같습니다."

루는 그를 향해 몸을 숙이고는 그의 얼굴에 입김을 불며 속삭였다.

"향유의 내력을 이야기해줄게요, 어때요?"

볼프는 얼굴을 찡그렸다. 그는 공격당하고 유인당한 동시에 밀쳐진 것처럼 느껴졌다. 암컷 늑대도 이처럼 수컷 늑대가 반쯤 미칠 정도로 장난을 쳤다. 볼프는 루가 자신의 굴로 들어갈 수 있도록 열쇠구멍에 열쇠를 넣고 돌렸다. 그러나 마을이 너무 작아 사람들이 낯선 사람인 자신에 대해 수군거릴지도 모른다는 데 생각이 미쳤다.

"몇 살이에요?"

그가 문을 열면서 물었다.

"열일곱."

볼프는 길게 '우―' 하고 내뱉었다. 루가 무례하게 굴었기 때문에 루의 나이가 훨씬 많을 거라고 생각했었다.

"나는 스물일곱 살이란다."

"그래서요?"

볼프는 차가운 코와 고집 있어 보이는 이마를 루의 코와 이마에 가져다댔다.

"그래서 너는 네 집으로 돌아가야 한다는 거야."

그 말은 친절하고 부드러웠다. 루는 한 걸음 뒤로 물러섰다.

"그럼, 파티에 오실 거라고 믿어도 되겠죠?"

루는 사교계 말투로 말했다.

"글쎄."

"글쎄."

루는 어색한 볼프의 발음을 흉내냈다.

그리고 암컷 늑대가 수컷 늑대를 마지막으로 한번 물어 화를 돋우듯 덧붙였다.

"독일어 억양, 그렇게 섹시하진 않군요."

그날 저녁 혼자 남은 볼프는 기분이 몹시 나빴다. 모르간 생각을 많이 했다. 젊은 수컷 늑대 한 마리가 한 늑대 무리의 사냥 구역에 들어갔다. 모르간이 그 무리에 합류할까? 그 무리는 모르간을 어떻게 맞이할까? 볼프는 모르간에 대해 알아가는 중이었다. 젊은 수컷 늑대 모르간은 사교적이지만 지배당하는 것을 참을 수 없어했다. 수의사 볼프는 웃으며 생각했다. '너야말로 내 형제야, 모르간.'

청년 볼프는 큰 불을 하나 환하게 밝히고는 한 해의 마지막 밤을 어떻게 보낼지 생각해보았다. 아니, 그는 루의 집에 가지 않을 것이다. 그의 형제들, 늑대들의 집으로 갈 것이다.

추위와 먹이 부족으로 높은 산 속에 사는 늑대들이 아래로 내몰렸다. 겨울 동안 양치기들이 산 아래 울타리에 가두어놓은 양들은 늑대들에게 하나의 유혹이었다. 우체부의 부인은 마당 깊숙한 곳에서 늑대 한 마리를 본 것 같다고 했다. 여인숙 주인은 늑대들이 와서 여인숙의 쓰레기통을 뒤진 적이 있다고 장담했다. 볼프는 그게 다 떠돌이개들이라는 것을 알고 있었다. 어느 늑대도 마을에 나타나 어슬렁거린 적이 없었다. 하지만 무리는 마을 가까이 다가와 있었다. 볼프도 그 사실은 부정할 수 없었다. 그는 다른 늑대들과 합류한 모르간 덕분에 무리의 위치를 정확히 알 수 있었다. 볼프에겐 너무도 큰 기쁨이었다. 30일 아침, 공원 구역을 감시하던 산악 경비대원은 망원경으로 늑대 무리를 발견했고, 목걸이를 한 수컷 늑대 한 마리와 갈색 털의 암컷 늑대 한 마리가 나란히 서 있는 것을 보았다. 물론 감성적인 볼프는 모르간이 조금은 성급하게 새로운 동반자를 맞이했다고 생각했다. 하지만 젊은 수컷 늑대 모르간의 뛰어난 생존 본능에 대한 자랑스러움이 그러한 아쉬움을 밀어냈다. 아직은 한 가지 위협이 모르간을 기다리고 있었다. 바로 인간들의 어리석은 행동이었다. 감시인은 수의사 볼프에게 마을 사람들이 독극물이 든 미끼를 숲속 곳곳에 놓아두었다고 일러주었다.

송년 파티가 있던 날 저녁 볼프는 괴로운 심정으로 문을 닫았다. 그는 공식적으로 한 시대를 마감하는 1999년 12월 31일 밤에 자신은 혼자라는 외로움을 절실히 느꼈다. 아무것도, 아무도 그를 마을에 붙잡아둘 수 없었다. 암컷 늑대가 죽은 후 모르간이 그랬던 것처럼 볼프는 아무런 유대관계 없이 고향에서 멀리 떨어져 있었다. 그는 이미 인적이 끊긴 거리를 걸었다. 파티를 위해 집집마다 환하게 불을 밝히고 있었다. 사람들은 가족들, 친구들과 함께 샴페인을 마시며 '2000' 이라는 새로운 숫자에 경탄할 것이다. 자정이 가까워오면 새해를 맞는 카운트다운을 시작할 것이다. 5, 4, 3, 2…… 그리고 함성이 일제히 온 집 안에 퍼질 것이다. 새해다!

그 순간 볼프는 등뒤에서 울리는 발소리를 들었다. 누군가 걷다가 그를 따라잡기 위해 뛰어오고 있었던 것이다.

"안녕하세요!"

"당신인 줄 알았어요."

볼프는 뒤도 돌아보지 않고 말했다.

"여기서 뭐 하세요?"

루가 물었다.

큰 보폭으로 걷는 볼프의 걸음걸이에 맞추느라 빠른 걸음으로 걸어야만 했던 루는 가쁜 숨을 몰아쉬었다.

"한 바퀴 돌아보려고요."

그는 별로 설명하고 싶지도 않았다.

"어머, 그래요. 좋은 생각이에요. 그러면 식욕이 생길 것 같아
요."

루가 수긍했다.

볼프는 시간이 오래 걸릴 것이며 저녁 먹으러 갈 생각이 없다고
루에게 말했어야 했나. 하지만 자기 곁에서 울리는 루의 발소리
에 판단력이 흐려졌다.

"디저트로 아몬드 페이스트로 만든 '2000년 1월 1일'이라는
글씨가 새겨진 멋진 데코레이션 케이크가 준비되어 있어요. 전
아몬드 페이스트를 정말 좋아해요!"

볼프는 웃음을 참았다. 먹을 것에 관심이 많은 어린 소녀를 성
숙한 여인으로 착각하다니! 하지만 바로 그 순간 그의 몸이 떨렸
다. 루가 그의 팔짱을 낀 것이다.

"초대받으신 사실에는 변함이 없어요, 알죠?"

"나도 알아."

볼프는 과장되게 발음하며 대답했다.

두 사람은 그렇게 하나로 묶인 채 길을 걸었다. 청년 볼프는 같
이 걷고 있는 루가 측은한 생각이 들어 걸음을 늦추었다.

"우리 거래할래요? 내가 향유에 대해서 이야기해줄 테니까 왜

늑대에 대해 관심을 가지는지 말해줘요, 좋죠?"

볼프는 아무 대답도 하지 않았다. 마을의 가장 끝에 위치한 집들을 지나치자 볼프는 손전등을 켰다. 이제 소녀 루는 혼자 집에 돌아갈 수 없을 것이다.

"내가 한 가지 보여줄게요. 하지만 이 분만 서 있어봐요, 제발!"

루는 볼프의 팔을 잡고 흔들었다. 그는 한숨을 내쉬며 멈춰 섰다. 그는 지루한 척했지만, 사실 기분이 좋았다. 루는 장갑 낀 손을 파카 주머니 안 깊숙이 넣었다. 그리고 향유병을 꺼냈다.

"하지만 왜……"

볼프가 말을 더듬었다.

"오늘 저녁에 오지 않으리라는 거 알고 있었어요. 향유 냄새를 맡게 해주고 싶었어요. 향유는 얼마 안 남아 있지만 그 향은…… 믿을 수가 없어요."

루는 병의 마개를 열어 볼프의 코밑에 갖다댔다.

"어때요, 짐승 냄새가 나죠?"

볼프는 생각했다. '늑대 냄새가 난다. 늑대 굴, 늑대 털 냄새가 난다.' 루는 병을 주머니에 다시 넣고 볼프가 거래 조건을 받아들일 것인지 대답할 때까지 기다리지도 않고 자기 조상인 카미유 드 생 제랑이 향유가 스며든 압지 때문에 총을 맞고도 목숨을 건진 일에 대해 이야기해주었다. 그녀는 말했고, 그는 잠자코 듣기만

했다. 마을과 두 사람 사이에 온 밤이 가로놓였다.

"그렇게 해서 카미유 드 생 제랑이 루 르 리요네와 결혼하게 되었대요."

루 드 생 제랑이 이야기를 끝맺었다.

볼프는 루가 그들의 후손이기 때문에 칭찬해주며 그들이 결혼하길 잘했다고 이야기해주고 싶었다.

하지만 동시에 그는 모르간 생각에 괴로워했다.

"늑대들을 독살하려는 사람들이 있어."

그는 아무 상관도 없는 말을 불쑥 꺼냈다.

"그게 심각한 일인가요?"

루는 짜증이 나서 물었다.

"늑대들에게는 심각한 일이지. 나에게도 그렇고."

그제야 볼프는 거래를 하기로 한 게 생각나서 천천히 힘들게 늑대가 그의 관심을 끄는 이유를 설명하려고 했다.

"인간은 늑대에 대한 두려움을 만들어냈어. 빨간 두건 소녀와 늑대, 제보당의 야수*…… 삼각형 얼굴에 노란 눈을 가진 늑대,

---

* 영화 〈늑대의 후예들〉의 소재가 된 전설. 1764년에서 1767년까지 프랑스 중남부의 오베르뉴 산맥 근처에 이름 모를 괴물이 나타나 들에서 일하던 양치기를 놀라게 했다. '제보당의 야수'로 알려진 이 괴물은 사람 사십 명을 잔인하게 죽이고 백여 명에게 중한 상처를 입혔다고 한다(옮긴이).

마치 악마처럼 그려져왔지. 너는 늑대를 두려워할 거야. 나도 두려워했었어. 우리는 증오하기 위해 그 대상을 두려워해. 죽이기 위해 증오하지. 사람들은 수천 수만 마리의 늑대를 죽였어. 프랑스에 마지막으로 남아 있던 늑대가 죽은 건 1930년이었어. 그리고 지금 늑대가 다시 돌아와 코끝을 내밀자 사람들은 모두 소리치는 거야. '늑대가 나타났다. 늑대가 나타났다.' 사람들은 늑대의 죽음을 원해. 늑대는 동물세계의 유대인과 같아."

루는 그를 쳐다보지 않았다. 하지만 젊은 독일 청년인 볼프는 그 말을 하다가 갑자기 얼굴이 붉어졌다. 그는 무릎을 꿇고 어둠을 향해 손을 내밀었다.

"늑대 형제여, 이리 오라."

그는 일어섰고 루가 다시 한번 자신을 놀릴까봐 두려웠다.

"아마 설명이 잘 안 된 것 같은데."

볼프는 걱정스런 눈으로 루에게 약간의 관대함을 호소했다.

"그래요. 그건…… 그건…… 어머, 벌써 아홉시네!"

루가 야광 손목시계를 들여다보고는 말했다.

"조금 늦을 것 같다고 아버지께 알려야 해요."

루는 반대쪽 파카 주머니에서 소형 휴대폰을 꺼냈다.

"여보세요, 아빠? 식사 먼저 시작하세요. 저는 볼프 씨 집에서 아페리티프* 마시고 있어요."

루는 서둘러 전화를 끊었다.

"아빠가 조금 화가 나셨나봐요!"

두 사람은 보조를 맞추어 다시 걷기 시작했다. 루는 결국 볼프가 식사 전에 식욕을 돋우려고 산책 나온 게 아니라는 사실을 깨달았다. 그에게는 목적이 있었다. 그는 어디론가 가고 있었다.

"그런데 우리, 어디 가는 거죠?"

"늑대에게."

"늑대가 와 있나요?"

"멀지 않은 곳에."

루는 용감한 척하고 싶어서 콧노래를 불렀다. '늑대가 없는 동안 숲으로 산책하러 가자……'

"정말 늑대가 사람을 잡아먹지 않는다고 생각해요?"

루는 물어보았다.

"그럴 위험은 절대 없지. 어쨌든 늑대들을 직접 볼 수는 없을 거야. 늑대들이 아주 가까이 있다 해도 그 녀석들은 자기 모습을 보이지 않아. 너는 볼 수 없을 거야. 하지만 아마도…… 소리는 들을 수 있을 거다."

그는 마침내 걸음을 멈췄다. 그들이 서 있는 곳은 언덕 위였다.

---

* 식욕을 돋우기 위해 식전에 마시는 술(옮긴이).

그들 앞에는 하늘이 펼쳐져 있을 뿐이었고 지평선에 보이는 산등성이는 완만했다. 볼프는 잔기침을 하며 목을 가다듬고는 겁먹은 강아지처럼 끙끙거리는 소리를 몇 번 냈다. 그리고 고개를 뒤로 젖히고는 음울하게 '아우' 하고 소리를 질렀다.

"도대체 무슨 일이에요?"

루가 놀라서 뒤로 물러섰다. 하지만 볼프는 양손을 나팔 모양으로 만들어 입에 대고 다시 울음소리를 냈고 그 소리는 온 산을 울렸다. 아우우! 루는 다시 비웃기로 작심했다.

"그것도 수의사 강의에 포함되어 있나봐요?"

볼프는 열 번, 스무 번을 반복했다. 경탄할 만큼 늑대 울음소리와 비슷했다. 볼프가 숨을 돌리는 사이 갑자기 다른 울음소리가 밤의 어둠을 가로질렀다. 늑대 한 마리가 대답한 것이다. 곧 다른 늑대 한 마리가 그 소리를 이어받으며 울었다. 그들의 탄식이 울음 속에 끊어지는 것처럼 보였다. 하지만 잠시 후 더 높고 큰 울음소리들이 들리기 시작했다. 늑대들은 오랫동안 트레몰로*와 허스키한 소리로 돌림노래 하듯 듀엣으로, 솔로로, 합창으로 울었다. 너무나도 멋졌다. 이미 늑대와 이런 놀이를 해본 적이 있는 볼프조차 전율을 느꼈다. 그리고 마침내 주변에는 일시에 적막이 찾

---

* 같은 음을 빠르게 반복하여 떨리듯이 연주하는 것(옮긴이).

아들었다.

"녀석들에게 새해인사를 하고 싶었어."

볼프는 웃음으로 사과를 대신하면서 말했다.

그는 루가 지금 자신을 어떻게 생각하는지 알 수 없었다. 미쳤다고 생각할까?

"집에 가고 싶니?"

볼프는 어쩔 줄 몰라하며 덧붙였다.

"뭐 하려요? 텔레비전에 나와 깃털을 달고 춤추는 여자들이나 보려구요? 아몬드 페이스트로 만든 '2000년 1월 1일' 디저트를 먹으려요? 왜 나를 여기까지 데려온 거예요? 바보처럼 보이려고 그런 거예요?"

볼프는 자기가 루의 송년의 밤을 망쳤다고 생각했다. 하지만 루가 그를 안심시켰다.

"내 인생에서 가장 아름다운 밤이었어요. 좀 걸을까요? 추워요……"

두 사람은 다시 걷기 시작했다. 그리고 자정이 되기 조금 전에 비극적인 일이 생겼다.

길 옆에 낯선 형체가 있었다. 볼프는 손전등으로 그것을 비추었다. 루는 깜짝 놀라 볼프의 팔을 붙잡았다.

"저게 뭐예요?"

동물이었다.

"짐승이죠, 그렇죠?"

루가 속삭였다.

그 짐승은 누워 있었다. 볼프의 가슴에 커다란 고통이 요동치기 시작했다. 그는 이해하고 있었다. 그는 알고 있었다.

"늑대야."

그가 말했다.

"움직이지 않는데…… 그럼…… 위험하지 않나요?"

그들은 계속 앞으로 나아갔다. 하지만 동물이 있는 자리까지 몇 걸음 떨어진 거리에 다다르자 으르렁거리는 소리가 그들을 멈춰 세웠다.

"죽지 않았어."

루가 신음하며 말했다.

볼프는 이해하고 있었다. 알고 있었다.

"독약을 먹은 거야."

늑대는 죽어가고 있었다.

'안 돼, 모르간. 너여선 안 돼.'

"가까이 가지 말아요."

루가 애원했다.

"이제 위험하지 않아."

볼프는 감정에 목이 메어 중얼거렸다.

그의 눈에서 눈물이 흘러내렸다.

"한 번도 위험한 적은 없었어."

늑대 곁에 무릎을 꿇으며 그가 말했다.

볼프는 발신장치 목걸이를 보았다. 그리고 울었다. 태어난 후 슬펐던 모든 것, 사랑했던 모든 것, 잃어버린 모든 것이 가슴 가득히 밀려왔고, 그래서 그는 울었다.

"볼프……"

그는 고개를 들고 자기 앞에 있는 루의 눈을 보았다. 그녀 역시 무릎을 꿇고 있었다. 늑대는 두 사람 사이에서 죽어가고 있었다.

"향유병."

그녀가 말했다.

"무슨 짓을 하려는 거지? 그 이야기를 믿는 거야?"

그에게 그건 동화 속 이야기일 뿐이었다. 단 한 순간도 그 이야기를 믿은 적이 없었다. 루가 병마개를 열었다. 볼프와 루는 이제 이마와 이마를 마주 대고 늑대의 주둥이 위로 몸을 숙였다. '볼프가 애프터셰이브 로션을 너무 많이 발랐군.' 향유병 입구에서 새어나오는 향에 어리둥절해진 루가 생각했다. 루가 병을 거꾸로 들자 향유 두 방울이 늑대의 입술에 떨어져 털 사이로 스며들었다.

"이제 하나도 안 남았네."

그녀는 자신의 행동을 후회했다.

"내가 잘한 건지 모르겠어요."

"노력해줘서 고마워."

그 순간 늑대가 일어나 펄쩍 뛰었다. 겁에 질린 루는 소리를 질렀다. 볼프는 죽어가는 늑대의 마지막 경련이라고 생각했다. 하지만 이번에는 그가 소리쳤다.

"모르간이 다시 일어섰다!"

두 젊은이는 기어서 물러났다. 모르간은 목덜미를 꼿꼿이 세우고 네 발로 굳건히 서 있었다. 곧 무리의 우두머리가 될 듯한 자세였다. 모르간은 볼프에게 그들을 두려워하지 않는다는 것을 보여주기 위해 꼬리를 세웠다. 모르간의 노란 눈이 청년 볼프의 눈에 깊이 잠겨왔고, 모르간은 송곳니가 보이도록 입술을 위로 치켜올렸다.

"모르간."

볼프는 늑대를 향해 부드럽게 한 손을 내밀며 애원했다.

그러자 늑대 형제가 다가와 볼프의 손가락 끝에 주둥이를 댔다. 그런 다음 한 번 껑충 뛰어 돌아서더니 어둠 속으로 사라졌다.

볼프는 일어나 루가 일어나는 것을 도와주었다. 두 사람은 피로했고 몸이 후들거렸다. 둘은 이마와 이마를 마주 대고 익숙해진 자세로 서로 의지했다. 여러 가지 생각들이 소용돌이쳐 머리가 어지러웠다. 모르간. 향유. 늑대 형제. 두 사람은 향유가 일으킨 마지막 기적을 목격한 것이다. 늑대의 기적.

산 아래에서 종소리가 울려왔다. 두 사람은 함께 종이 몇 번 울리는지 세었다. 아홉, 열, 열하나, 열둘. 시대의 한 페이지가 넘어갔다. 2000년 1월 1일. 인간 형제들이여, 행복한 한 해 맞이하길!

"행복한 새해를!"

두 사람은 양쪽 뺨에 키스했다. 볼프는 루를 두 팔로 안고 귀에 대고 속삭였다.

"섹시하지는 않지, 어때?"

"집요한 면이 있군요!"

종소리가 두번째로 열두 번 울려왔다.

"주 템므."

볼프가 허스키한 매력적인 목소리로 말했다.

"이히 리베 디히."

루는 그의 말에 답하여 조금 더듬거리며 처음으로 독일어로 사랑을 고백했다.

키스로 두 사람이 뜨거워졌을 때도 볼프와 루는 마을로 내려가야 한다는 생각을 하고 있었다.

"아빠가 몹시 화나셨을 게 분명해요!"

"화를 많이 내시겠지?"

“향유병!”

“뭐라고?”

“내가 옆에 두었어요…… 늑대 옆에.”

두 사람은 발걸음을 돌려 좀전의 자리로 되돌아갔다. 그러나 향유병은 사라지고 없었다. 당황한 그들은 말다툼 직전까지 갔다가 다시 한번 키스했다.

“어쩔 수 없군요. 아빠는 내가 그걸 잃어버렸다고 몹시 화내실 거예요.”

“나를 죽이려 드실 거야.”

볼프는 체념했다.

두 사람은 서로 손을 잡고 위로해주며 오솔길을 내려갔다.

“어쨌든 향유병은 이제 비었잖아요! 이젠 아무 짝에도 쓸모없어요.”

두 사람이 제대로 찾지 못한 건 아닐까? 향유병은 바로 거기, 루가 둔 자리에 그대로 있었다. 눈 속에 붉은 얼룩처럼 선명히 남아 있었다. 병은 향유로 가득, 가득 차 있었다. 두 젊은이는 멀어져갔다.

“알아요? 새해 첫날이에요. 그리고 사랑해요!”

에필로그

2000년 1월 1일. 모든 것이 새롭고 모든 것이 다시 시작된다. 이히 리베 디히. 주 템므.* 시대는 변한다. 하지만 마음은 변하지 않는다. 티 아모. 테 키에로. 아이 러브 유.** 향유병이 가득 차 있다. 누군가 향유병을 가져갈 것이다. 이해할 수 있겠는가? 서로 사랑할 이천 년이라는 시간이 또다시 우리에게 주어진 것이다.

---

* Ich liebe dich, Je t'aime, 각각 '나는 당신을 사랑해요' 라는 뜻의 독일어와 불어.

** Ti amo, Te quiero, I love you, 역시 사랑한다는 뜻의 이태리어, 스페인어, 영어.

역자 후기

처음 책을 읽었을 때는 참신하고 재미있다는 생각, 번역을 하면서는 프랑스 역사와 전설을 바탕으로 탄탄하게 구성된 맛깔스런 판타지 문학이라는 인상을 받았다. 그리고 번역을 끝내고 최종 원고를 넘기기 전 거듭 읽은 후, 이 책이 내게 남긴 건 믿음을 상실한 시대의 아련한 유년의 향수였다. 믿음. 특정 종교에 대한 신앙을 이야기하는 게 아니다. 기억나지는 않지만 어머니께 전해들은 바로는 나와 오빠는 초등학교에 들어가고 나서도 한참 동안 산타클로스의 존재를 믿어서 사촌들의 놀림감이 되었다고 한다. 순진? 순수? 무지? 어떤 꼬리표를 달든 상관없다. 다만 믿음이란 그런 게 아닐까 싶다. 너는 그것을 믿느냐, 누가 묻기 전에 이미 마음속에 그 대답이 자리잡고 있는 것. 어릴 적에 동화를 읽으며 이야기의 사실성보다는 진실성에 마음이 흔들렸던 기억. 이 책을 읽으며 이해와 분석의 칼을 꺼내야 한다는 게 잠시 서글펐다. 하지만 작가의 머리와 마음이 되어 글을 쓰는 번역의 즐거움이 있기에 처음 책을 읽을 때는 마음으로, 책을 덮고 나서는 머리로 생각해볼 수 있기를 바라며 작가와 책에 대한 소개를 하고자 한다.

이 책은 마리 오드 뮈라이가 프랑스의 아동 청소년 문학잡지 『주 부킨 *Je Bouquine*(나는 책을 읽는다)』의 의뢰로 새천년이 시작되는 2000년을 축하 기념하기 위해 쓴 글이다. 작가는 지난 이천 년을 여섯 개의 독립된 에피소드로 구성해 매달 연재소설처럼 읽을 수 있도록 글을 써달라는 주문을 받고 그 소재로 '기적의 향유병'을 선택했다. 이야기의 축을 이루는 막달라 마리아의 '기적의 향유병'은 성경의 일화에서 착안한 것이지만, 성경과는 달리 마리아가 예수님의 발에 향유를 붓지 않은 것으로 설정되었다. 특히 마지막 에피소드는 2000년 주 부킨 문학상 공모전의 주제로 선정되기도 했다.

매년 열리는 주 부킨 문학상 공모전은 15세 이하의 아동과 청소년을 대상으로 하며, 유명 작가가 작품의 첫 부분을 쓰고, 이를 읽은 독자들이 상상력을 발휘해 나머지 이야기를 써서 완성하는 형식이다. 이 공모전에는 프랑스 아동·청소년 문학의 독보적인 존재인 마리 오드 뮈라이는 물론, 국내에도 잘 알려진 프랑스의 유명 작가들―『방드르디, 태평양의 끝』의 미셸 투르니에,『정열의 열매들』의 다니엘 페낙,『첫 맥주 한 모금 그리고 다른 잔잔한 기쁨들』의 필립 들레름 등이 참여해 글의 화두를 던져주었다. 2002년에는 프랑스 문단의 신데렐라 안나 가발다―국내에도 『나는 그녀를 사랑했네』와 『누군가 어디에서 나를 기다렸으면 좋겠다』가 번역 소개되었다―가 '너무나 은밀한 비밀'이라는 제목으로 글의 서두를 써서 화제가 되기도 했다.

이 책은 모두 여섯 개의 이야기로 구성되어 있다. 갈리아 지방 로마인들의 기독교 탄압, 아틸라의 프랑스 침략, 마음이 깨끗한 자만이 찾을 수 있다는 성배(聖杯)와 아서 왕 전설, 중세의 마녀 사냥과 피레네 생 사뱅 지역에서 행해졌던 카고에 대한 차별과 배척,『레 미제라블』에 나오는 거리의 소년 가브로슈와 저자 빅토르 위고가 살았던 프랑스 혁명 시대, 멸종의 위협 속에 놓인 20세기 늑대 이야기가 각 에피소드의 재료가 되었다. 작가는 역사라면 자칫 지루해하기 쉬운 일반 청소년 독자들이 지난 이천 년의 역사를 흥미롭게 살펴볼 수 있도록 판타지 장르를 도입했으며, 기존의 앵글로색슨 판타지 문학과는 차별화를 시도했노라고 말한다. 작가가 말하는 앵글로색슨 판타지 문학이란 최근 상업적인 성공과 함께 문화 코드로 자리매김한 판타지 소설들이다. 이러한 판타지 소설들은 '영웅전설'을 원형으로 한다는 것이 특징인데, 작가는 실제 역사에 기반을 두고 소외된 인물들을 주인공으로 내세운 자신의 글은 이러한 소설들과는 다르다고 말한다. 앵글로색슨 판타지 문학은 이른바 환상문학과도 다르다. 환상문학은 낯설음, 비현실성, 범주화와 규정에 대한 저항, 전복의 개념을 기반으로 하는 환상성에 근거해 정의되며, 에드거 앨런 포, 프란츠 카프카, 표도르 미하일로비치 도스토예프스키의 작품을 아우른다. 작가는 또한 시대를 충실히 기술하기 위해 문헌정보학 전문가의 도움을 받아 역사적 고증을 거쳤음을 강조한다. 네번째 에피소드인 '마녀 시대'에 등장하는 멜록, 드바 같은 인물들의 이름은 임의로 선택한 것이 아니라 당시 생 사뱅 지역의 호적대장을 열람해 고른 것이며, 음성 나환자로 낙인찍혀 천민처럼 격리되어 살아가던 피레네 산맥의 카고들, 나환자가 사람들에게 자신의 존재를 미리 알려 멀리 떨어지게 하기 위해 사용하던 딱따기도 현지 확인을 거친 것이다.

이처럼 탄탄한 구성과 이야기의 충실성에 대한 작가의 집념도 눈에 띄지만, 이 책의 진정한 미덕은 부조리한 역사 속에서 소외되고 배척당하던 사람들을 주인공으로 등장시켰다는 점이다. '기적의 향유' 두 방울에 치유되거나 사랑에 빠지는 사람들은 모두 노예, 창녀, 마녀, 카고, 여성, 늑대이다. 늑대가 그 대열에 끼

어 있는 것은 인간의 편견에 희생된 존재로 소외된 사람들을 상징
하기 때문이다. '루푸스' '울필라' '루' '볼프'라는 주인공의 이
름도 모두 늑대를 뜻하며, 마지막 이야기에서는 늑대가 직접 주
인공으로 등장한다.

　작가는 늑대를 인간의 편견의 희생물로 소개한다. '양의 탈을
쓴 늑대' '빨간 두건 소녀와 늑대' 프랑스 영화 〈늑대의 후예들〉
의 소재가 된 전설 '제보당의 야수'에 나오는 늑대처럼 서구에서
전래되는 이야기뿐만 아니라, '늑대 같은 인간' '남자는 늑대'라
는 우리말에도 늑대에 대한 인간의 뿌리 깊은 편견이 담겨 있다.
곧 늑대는 피에 굶주린 야수, 비열하고 포악한 짐승, 인간을 위협
하는 존재라는 것이다. 작가는 이것이 인간의 잣대로 본 것일 뿐,
결코 늑대의 진실은 아니라고 한다. 이것은 마지막 장의 늑대 모
르간의 생활을 묘사한 부분에 잘 나타나 있다. 하나의 공동체를
이루며 가족처럼 살아가는 늑대들. 늑대는 인간이 사는 마을로는
가까이 내려오지 않고, 자연의 순리를 따르면서 먹이의 양에 따
라 무리별로 생식을 조절하며, 한 배우자와 짝짓기를 하고, 다른
늑대의 새끼도 헌신적으로 보살핀다. 하지만 인간들은 멸종 위기
에 처해 법으로 보호받는 늑대들을 죽이려고 한다. 작가는 젊은
수의사 볼프의 입을 통해 늑대는 '동물세계의 유대인'과 같다고
말하며, 늑대에게 유죄를 선고하는 인간들의 어두운 자화상을 보

여준다. 물론 결말은 그렇게 비관적이지 않다. '기적의 향유병'은 다시 채워지고 새 시대에도 사랑은 계속될 것이다.

  판타지 소설, 그에 대한 비평이 봇물처럼 쏟아지더니 요즘에는 판타지 문학 비평에 대한 비평(메타비평)까지 나오고 있다. 판타지 문학이 하나의 장르로, 문화 코드로 자리매김한 것이다. 하지만 아직까지는 '영웅전설' 원형의 판타지 소설이 주류를 이루고 있다. 이 책은 그 흐름에서 다소 비껴나 있는 작품이다. 영웅이 아닌 소외된 개인들이 만들어가는 이야기인 것이다. 거대한 역사를 써나가는 건 작고 평범한 개인들, 바로 우리 자신이라는 것이 작가의 메시지이다.

옮긴이 **남윤지**

경희대 지리학과와 한국외국어대 통역번역대학원 한불과를 졸업하고 전문 통번역사로 일했다. 프랑스 파리통역번역학교(ESIT) 한불 번역과를 졸업하고 현재 동대학원에서 번역학을 공부하고 있다. 『아르센 뤼팽의 여인들—백작부인의 결투』(전2권)를 우리말로 옮겼다.

문학동네 세계문학

사랑과 피

초판인쇄	2003년 9월 20일
초판발행	2003년 9월 30일

지 은 이	마리 오드 뮈라이
옮 긴 이	남윤지
책임편집	최정수 황문정 김지연
펴 낸 이	강병선
펴 낸 곳	(주)문학동네
출판등록	1993년 10월 22일 제22-188호

주 소	136-034 서울시 성북구 동소문동 4가 260번지 동소문빌딩 6층
전자우편	editor@munhak.com
전화번호	927-6790~5, 927-6751~2
팩 스	927-6753

ISBN 89-8281-691-7 03860

* 잘못된 책은 바꿔드립니다.

www.munhak.com

파울로 코엘료

1947년 브라질 리우데자네이루 출생. 1987년 자아의 연금술을 신비롭게 그려낸
『연금술사』의 대성공으로 단숨에 세계적인 작가의 자리에 올랐다. 이후 『브리
다』『피에트라 강가에서 나는 울었네』『베로니카, 죽기로 결심하다』등 발표하
는 작품마다 엄청난 반향을 불러일으키며 가히 코엘료 신드롬이라 할 만한 현
상을 낳고 있다.

연금술사   최정수 옮김

내 안의 '神'을 찾아가는 영혼의 연금술.
전 세계 2천만 독자들이 격찬하는 전설적인 베스트셀러.
『어린 왕자』, 『갈매기의 꿈』, 성경의 감동적인 우화를 떠올리게 하는 영혼의 필독서.
"그 어떤 책도 이만큼의 희망과 환희를 담고 있지 않다."

그리고 일곱번째 날… 3부작

평범한 사람들이 사랑, 죽음, 권력에 갑자기 직면했을때, 그리고 일주일 동안에 일어나는 사건들.

피에트라 강가에서 나는 울었네   이수은 옮김

'사랑하는 순간에는 누구나 기적을 행하는 자가 된다.'
사랑과 신성에 대한 빛나는 잠언들로 가득한 소설. 무미한 삶을 황홀한 마법의 순간
으로 바꾸어놓는, 진정한 사랑을 발견해가는 영혼의 구도행.

베로니카, 죽기로 결심하다   이상해 옮김

선택한 죽음과 선택하지 않은 죽음 사이에 놓인 생에 대한 열정.
인생에 꼭 필요한 한줌의 '광기'에 대한 경이로운 이야기. 살아 있음을 축복으로
만드는 예기치 못한 반전이 놀랍다. 영혼을 뒤흔드는 매혹과 경이로 가득 차 있다.

악마와 미스 프랭(근간)   이상해 옮김

인간의 영혼 안에서 일어나는 빛과 어둠의 싸움. 탐욕과 비겁함, 그리고 공포가
잠식해버린 외딴 마을에서 기이한 난투극이 벌어진다. 재물과 권력의 문제를 통해
인간에게 내재된 선과 악의 본모습을 탐사하고 있는 책.